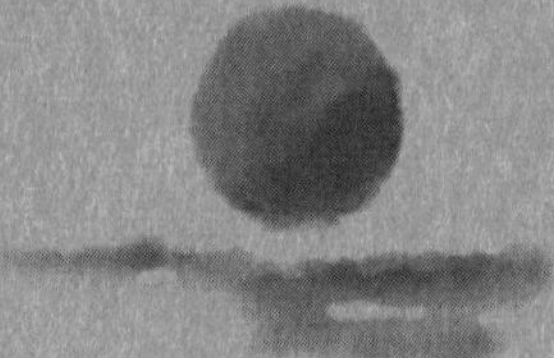

落日の向こう

不二久
FUJI HISASHI

幻冬舎MC

落日の向こう

巻末写真：井笠鉄道機関車（七日市駅）
提供：岡山県井原市教育委員会

目次

一　夜道を行く

　軽便鉄道の終着駅に小型の汽車が停車して蒸気を吐き終えた。一家が降り立ったのは夜も遅くて、駅舎を出ると通りには人影はなかった。父親・義之《よしゆき》はどこからかリヤカーを借りてきた。妻子五人を乗せて一里余離れた義之の里へ引いて向かうわけである。二年生の太郎《たろう》には、四年生の姉・和子《かずこ》に加えて弟・正志《まさし》と妹・芳子《よしこ》がいた。母親・由紀《ゆき》の腹にはもう一人、二か月後の出生予定が入っていた。名古屋から十時間余の汽車旅で、疲れた身には三月の夜道の寒さは身にしみる。寒さ凌ぎには持参の防空頭巾《ぼうくうずきん》が役立った。借りてきた布団と毛布にくるまって母子は身を寄せた。座っていることに疲れると入れ替わっては横になった。川に沿った幹線道らしき夜道ではすれ違う人の姿はない。やや欠けた月が上って、星空の左右に低い山並みが眠っている。

「寂しい所ですねえ」

駅から遠ざかって家並みが途切れると、母親・由紀が声をかけた。

「まだ、この辺には家の灯りが少しは見えるが、在所に近づくと真っ暗になる」

「住居を追われた難民ね」

父親・義之は引く手を休めず、

「国の守りは頼れない。子ども達だけは生きのびさせねばね」と言う。

「すぐに子どもは五人になるのよ」

「母ちゃんは頼みの神、子安《こやす》の神だよ」

「避難場所があるからまだいいわ」

「まったくだ。田舎に親戚のない人は気の毒だよ」

「月明かりがあるから助かるね。闇の夜だったら怖いね」

「雨でも降っていたらとてもリヤカーは引けない」

上り道にかかると、さほどの傾斜でなくても、たちまち速度が落ちる。

「上りを引くのはきついでしょ」由紀が言うと、

「うん、ここはきついな」

義之の息遣《いきづか》いが荒くなった。すると、太郎はリヤカーから降りて、リヤカーを後ろから押した。姉ちゃんや弟は眠っていたので、誘わなかった。

「おう、タロ、手伝ってくれるのか」と義之は言う。

父親の力が瞬時抜けると、太郎の全身に並みならぬ重さが伝わる。助力がほとんど役に立たないと分かる。それでも、父親に加勢せずにいられないから押した。平坦になるとまたリヤカーに乗った。

「お疲れ様、ありがとう」

と、母親が毛布を太郎の肩に寄せようとすると、それを遮《さえぎ》って、

「暑いからいい。汗が出そうになったよ」

太郎はリヤカーの手摺《てす》りに寄りかかって息を吐いた。

「少し休憩しなくてもいいの？」

義之を気遣う由紀の声が不安そうである。義之がくるぶしを痛めた時、由紀が夫をリヤカーに載せて数日病院へ運んだことがある。いま、夫はひとりでその倍以上の重量を引いている。

「大丈夫だよ。体が温まっていい。それより、乗っているのも楽じゃなかろう。寒いだろ？」

「毛布や布団があるから寒くはないわ」

「子どもたちも、長い汽車旅で疲れただろうに」

義之は二輪のリヤカーに砂利道をゴトゴト揺られる家族を気遣う。

「汽車の中で弁当食べさせておいてよかった。子どもたちは眠ったわ」

「列車が襲撃されなくてよかった」と義之は言った。

太郎は、うつらうつらとしながら父母のやり取りを聞いている。心細くなる。こんな暗い田舎の夜道を通ったことがない。この先に待つのはどんな世界なのか見当がつかない。ただ、うすら寒い闇に引き込まれていくような心地がする。そのうちに寝入ってしまった。

＊

薄暗い田舎家の布団に通されて横になった。寝ぼけた耳にざあざあと音がする。不思議である。来る道では星も月も出ていた。リヤカーの揺れが続いているようで、昔話にありそうな古屋敷《ふるやしき》へ運ばれた感じである。以前、姉ちゃんがここへ来たとき、狸が出て、それを村人が捕まえて狸汁をつくったということを聞いている。家はすっぽりと雨音に包まれている。幻聴でもなさそうだ。耳についてしばらくは眠りに入れなかった。

翌日、太郎はいろり端で遅い朝食をとった。眠り足りた耳に、ちょっと、鳴くのが下手な鶯の声が聞こえる。庭へ出てみると大きな柿の木があった。それに登って眺めてみる。たどってきたらしい道路沿いに十メートル幅ほどの川がうねる。この家の脇で水音がする。川が石組みの堰《せき》を成して高さ二メートルほどの滝になっている。これが夜の雨音に聞こえたのだ。

「おーい、見えるぞ。マサちゃんも上って来い」

太郎が呼ぶと、弟の正志も猿のように上ってきた。

二人が村里の眺望を楽しんでいると、

「こりゃ、こりゃ、危《あぶ》にゃあに」

伯父の声がする。祖母と伯父が縁側に出てものものしい。

「へっちゃらだい。落ちないから大丈夫」

「二人して登りおりゃ（登っていると）柿の枝が折れてしまうがな」と、伯父が言う。

由紀が大きなお腹を抱えて柿の樹に駆け寄り、

「タロもマサも降りてきなさい」と命じた。

「ああ、良い眺め。危なくないよ」

太郎は降りようとしない。

「柿の枝を折ったら大変。降りてこないと叩くよ」

と、由紀は物干し竿を手にして脅した。義母と義兄が縁側から離れないので、叱ってでも降ろさなければ格好《かっこう》がつかない。太郎や正志が柿の樹から落ちる心配はしない。名古屋の家の庭には桜の樹が五〜六本あり、木登りは慣れっこである。叱って家に入れてやらなかったら、桜の樹に登り、枝伝いに二階の部屋に忍び込むぐらいの芸当は兄弟には造作《ぞうさ》もない。

由紀は、ここには長くは居候《いそうろう》できない、やはり厄介《やっかい》者となる、ここでの出産は無理だと感じた。

めえ、めえと、山羊《やぎ》の声がした。

「山羊だ、見に行こう」と太郎が声を掛け、二人は木から降りた。由紀は、

「ヨッコも連れて行ってやりなさい」と呼び止める。

太郎は芳子の手を引いて、梅の花咲く家へ向かった。

「ごあいさつしなさいよ。山羊にいたずらするんじゃないよ」と、由紀は注意した。

太郎たちが隣家に粗相でもしたら義母や義兄が眉をしかめるだろう。

山の陰《かげ》で陽当たりの遅いこの家では、梅の開花も遅く、ようやく盛りを迎えている。三人は、

「おはようございます」と声を揃えた。

「オヤ、おいでんさい。遠い（遠く）からようおいでなさったのう。お嬢ちゃん幾つ？」

梅の庭のおばさんは笑顔で迎えた。

「四つ。名古屋から来たの」

おばさんは太郎たちの疎開を既に聞いていた。

「僕、今度から一年生だよ。兄ちゃんは三年生になる。山羊さん草食べるの？」

正志が聞くと、

「食べるよ。やってみ、怖《こわ》うないけに（怖くないから）」

正志と芳子が庭の草を採って山羊に近寄ると、山羊は二人の手からひったくるようにして草を食べた。

「さあ、山羊の乳《ちち》を今から搾《しぼ》るけえ（搾るから）見てみ」

おばさんは山羊の乳首を右手でしごいて一升瓶に搾り入れた。それから、

「山羊の乳は体にいいんじゃ。ちょびっとあげように（少しあげますから）」と言って、ビール瓶に詰めて太郎に渡した。その時、権平《ごんへい》伯父さんと父親・義之がやってきた。姉の和子もついてきた。正志は、

「父ちゃん、山羊の乳をもらったよ」と、嬉しそうに父親に伝えた。

「ありがとうございます。名古屋から来ました。しばらく妻子は実家に預けます」

その時、家の中から出てきたおじさんが、

「やあ、義之さん、久しぶりじゃのう。声で分かるんじゃ」と言う。

「やあやあ、お懐かしい。徳さん変わってませんねえ。妻子がお世話になります」

と義之は挨拶する。太郎が、

「父ちゃんと、このおじさんは友達だったの？」と聞くと、

「親戚なんだよ。子どものころから仲良しだったんだ」と答えた。

「お父さんは、からだは大きうないが相撲《すもう》は強かったのう。まあまあ上がって一服してつかあさい」とおじさんが言うと、

「ありがとう。まだ、山崎屋さんから順にご挨拶回りがあります。すぐ名古屋へ帰らねばなりませんので」と、義之はご挨拶の手ぬぐいと石鹸を渡した。

戦時、統制経済でこんなものが自由に手に入らなかった。太郎は、この家が「泉屋《いずみや》」という屋号の親戚であることを知った。姉ちゃんは山羊の乳を手に芳子を連れて母親のところに引き返した。

権平《ごんへい》伯父さんの案内で、次の家へご挨拶に回る。太郎も正志もついて回った。

近くの農家の名字すべてが太郎と同じ川上であった。屋号があってそれで識別している。伯父さんの家は「橋屋《はしや》」となっている。橋のたもとにある。新聞配達は伯父の家に八部ほど一括して置いていく。集落の人の多くがこの橋を渡るか、そこで折れて反対の坂へ上る。各家はそこから自分で新聞を取っていく。「山崎屋《やまざきや》」には学校小使い（使丁）見習いのフクちゃんが居る。山崎屋も父親の実家と親戚である。おばさんは太郎たちに干し柿をくれた。「橋屋」からは、つづら折りの坂道があり、それを上ると、まず「大松屋《だいまつや》」がある。蚕を飼っている。太郎と同学年の男児が居る。その上に二軒ほどの家が点在し、正志や姉ちゃんと同年ぐらいの学童が居る。川を隔てて「向《むか》え屋」がありその奥に「西向《にしむかえ》」がある。「西向」の茅葺《かやぶき》屋根を朝日が一番に照らし出す。谷間の里は東に連なる山から遠のくほど朝日は早く当たる。

＊

父親・義之の実家には、太郎の祖母・いね、独身の権平伯父、祖母の養女・雅恵《まさえ》とその夫の堤《つつみ》さんの四人が住んでいた。養女というのは、太郎にとっては従姉《いとこ》に当たる。雅恵は秋に生まれる初の子を腹に宿していた。永年養育してきた養女・雅恵の子なら祖母・いねにとっては内孫、反対に太郎ら母子はなじみの薄い嫁と外孫たちである。雅恵が台所を預かっている。

堤さんは船乗りであったが、輸送船に乗っていて敵潜水艦の襲撃で負傷して、退院後は船から離れ長期の休暇となっていた。完治しているが、再乗船する船がなかった。疎開家族の不自由な状況を理解してか、太郎たちの世話をよくしてくれた。

「堤さんの体に穴がいっぱいある！」と、兄弟は驚いた。

「おじさんが船に乗っていた時に、敵の襲撃で怪我をしたんだよ」と、堤さんは答える。五右衛門《ごえもん》風呂で堤さんが太郎たちの体を洗ってくれた。堤さんがタオルで擦《こす》ると垢《あか》が面白いほど出た。堤さんの筋肉質のたくましい背中のあちこちに数えきれない弾痕や炸裂片痕が皮膚をえぐって窪《くぼ》みを作っていた。

祖母や伯父には、太郎たちの遠慮を知らない行動は、いたずらの連続に映るらしく、「にんぎょうすな（いたずらするな）」を発し続けた。男の子どもたちは、泥足で部屋へ駆け上がったり、納屋の藁の上で相撲を取ったり納屋の天井裏に登ったりした。立って歩ける天井裏には什器家具の古物や茶箱や長持ちがある。伯父さん兄弟の学生時代の和綴じの教科書や画帳がある。その描画の精密さに感心した。

祖母のいねが先ず、息子の権伯父に、

「またにんぎょうしよる」と愚痴を言う。

息子の口から太郎たちを叱らせたいのである。

「権や、起《お》きい」と老母から起こされる声を耳にすることがある。いねにとっては頼りないのんびり息子の権平伯父である。

この家の長男が満州の奉天で農園事業に成功しており、そこからの仕送りで太郎の父親・義之は旧制の中学へ進学できた。跡取り長男に代わって三男の権伯父がこの家の後を継いだ形になっている。太郎は、奉天に行くと、広々とした農場で馬に乗せてもらえると聞いて、遥かなる大陸の地平にあこがれたことがある。この家には、東郷平八郎《とうごうへいはちろう》揮毫《きごう》のくすんだ扁額《へんがく》が掲げられている。東郷は日露戦争で連合艦隊司令長官として日本海海戦勝利の大英雄と聞いた。太郎の父親はこの海戦の年に生まれたそうだ。どうして東郷の書がここにあるのか、太郎は由緒を聞くほどの関心を持たなかった。ここの祖母の眼差しには太郎は親しめない。直接叱りはしないがよそよそしい。

母方の祖母の濱《はま》とは違う。濱は年に一〜二度海産物を土産に太郎宅に来て、二〜三日過ごしては帰った。名古屋駅から市電に乗らずに一時間ほどを歩いて来るほどの達者であった。一緒に七五三記念の写真を撮った。由紀とは水入らずの親子談に花を咲かせた。じっとしていられない性分で、日頃手の届かないところの整頓や清掃をしてくれる。いつでも箒《ほうき》や雑巾を手にしてまめに動きまわっているので、義之はマメ婆さんと呼んでいた。太郎や正志が泥足で玄関から上がろうとすると、待ち構えていて足を洗ってくれた。口やかましい人ではあったが、太郎を見る濱の、皺に包まれた細い眼は優しく笑っていた。太郎たちを生まれた時から見てきた祖母の眼である。太郎を捕まえては、

「ボウはまた背を出して」と、太郎の下シャツの裾《すそ》をパンツの下に挟《はさ》み入れた。

正志には寝る前になると、

「小《ちい》ボウはしーこまってから寝《ね》（おしっこしてから寝なさい）」と、うるさく言った。

この祖母・濱とはしばらく行き来できていない。

義之は間もなく妻子を置いて単身名古屋へ帰って行った。

昭和二十年三月十日の東京大空襲の二日後に名古屋もB29爆撃機の猛襲を受けた。妻子緊急避難の疎開である。いたずら盛りの子を抱える家族が夫の実家で厄介になれるわけがない。やがて、母子は、川下の小さな町の一軒を借りて移り住むことになる。

二　太郎

太郎の隣に住んでいた武田《たけだ》のおっさんは、太郎を、

「坊、ボウ」

と呼んで、歩き始めの頃から可愛がってくれた。おっさんは大阪から来たハイカラな人であった。太郎の生まれた一九三六年昭和十一年には、農村の貧困が社会問題となる中で、二・二六事件があった。翌十二年盧溝橋事件から、支那大陸に戦火が拡大し戦時色は濃くなっていく。しかし、『東京ラプソディ』などがラジオから流れ、都市生活には大正から昭和初期へ続いた大正デモクラシーとモダンの残照があった。

♪――
楽し都　恋の都
夢の楽園《パラダイス》よ

花の東京

おっさんはしょっちゅう幼い太郎を見に太郎の家に現れた。出張などで家を空けて帰った翌日は、太郎宅へ顔を出し、

「街で幼い子どもを見かけると、ボウの顔が浮かんでくる」と、お土産を出した。

この頃流行した、

♪私十六満州娘　春よ三月雪解《ゆきどけ》に　迎春花《インチュンホア》が咲いたなら
お嫁に行きます　隣村《となりむら》　王《ワン》さん待ってて　頂戴ネ

とか、

♪わたしのラバさん　酋長の娘
色は黒いが　南洋じゃ美人

などを歌いながら、おっさんは小さな折り畳みのちゃぶ台を胸に抱いてダンスのステップを踏んで、由紀や太郎たちにおどけて見せた。日本は日清・日露戦争に勝利して、満州に日本防衛の地固めをした。さらに、第一次世界大戦後、ミクロネシア地域の南洋群島は国際連盟から日本への委任統治領となっていた。日本はこれらの島を植民地にせず、島民の自立を助けた。島崎藤村《しまざきとうそん》詩の『椰子の実』が愛唱されたのもこの頃である。

おっさんには子供がなかった。幼い太郎をカフェへ連れて行くと、

「あら、可愛い坊やね。どこの子？」

なじみらしい若い女給が寄ってきた。

「僕の子だよ。可愛いだろう」

「うそ！　また冗談を」

若い女給たちが歩き始めの太郎を「かわいい！」と取り囲んで相手してくれると、おっさんは満足そうだった。きれいな女給が太郎に蓄音機をかけてくれた。太郎は握っていた小さな瀬戸物の飛行機を回転板の上に乗せては、遠心力で飛行機が飛び出すのを楽しんだ。

「♪狭いながらも楽しい我が家」なんてジャズのフレーズはエノケンの声で覚えている。淡谷のり子の『別れのブルース』などもカフェで聞き知った流行歌である。

映画では、『愛染かつら』がメロドラマとして人気を呼び、その主題歌『旅の夜風』がレコード盤売り上げ戦前最高記録を樹立している。歌い出しの、♪「花も嵐も踏み越えて、行くが男の生きる道……」は、太郎も覚えている。古賀政男の『酒は涙か溜息か』・『誰か故郷を想わざる』なども耳に馴染んだ。服部良一作曲『蘇州夜曲』のような支那が舞台の映画で歌われるロマンチックなものも流行した。おっさんは、蓄音機で華やかな宝塚歌劇の世界を覗かせてくれた。

♪すみれの花咲くころ
　はじめて君を知りぬ
……

忘れな君　われらの恋
すみれの花咲くころ

の宝塚定番歌を太郎に聞かせ、花形スター春日野八千代などの名を嬉しそうに話した。

太郎幼稚園児の一九四一年昭和十六年十二月、日米開戦となり、新聞・ラジオは戦意高揚を鼓舞した。軍歌では古関裕而が『露営の歌』・『暁に祈る』・『若鷲の歌』などの名調子を続々と出して国家総動員の機運を高めた。太郎はラジオから聞いて軍歌を自然に覚えた。

＊

小学生になると、おっさんと一緒に出かけることが家族と出かけるよりも多くなった。

一年生の秋、おっさんについて田畑の広がる郷中《ごうなか》へ空気銃の雀射ちに出かけた。刈入れを終えた田には落穂を拾う雀が集まる。おっさんが引き金を引いても当たるものではなかった。太郎の通った幼稚園を通ると、太郎は、

「おっさん、ここは僕たちが通った日吉《ひよし》幼稚園だよ」と言った。おっさんは、

「おお、日吉幼稚園なんだ。それじゃあ、日吉丸はこのあたりで生まれたんだな」と言った。

「日吉丸って太閤秀吉のことだよネ」

「そうだよ。天下を取って大阪城を築いた豊臣秀吉のことだよ」

「大阪城と名古屋城とどっちが大きいの？」

「そりゃ大阪城だよ」

おっさんのことばに驚いた太郎は、

「本当に？　名古屋城が日本一だと聞いていたよ。加藤清正が石垣を築いたよ」

と不満顔である。

「日本一なら江戸城だろうな。東京にある。家康が天下を治めた城だよ」

とおっさんが言う。

まだ上があるのか！　太郎は秀吉の事より城の大きさにこだわった。太郎は幼稚園児の時、皇居の二重橋まで母親と一緒に行ったことがある。天守閣が聳えて見えなければ城とは思わないから、皇居が江戸城とは気づかない。太郎は日本の広さを感じた。

「おっさん、日吉公園へ行こうよ。僕が蝉取りに行くところ。森に雀がたくさんいるよ」

「そうかい。昔、日吉丸も木登りして遊んだ所かもしれないな。行こう」

そのあたりの貧しい農家で秀吉が生まれ育ったとの説がある。一般には、そこから半道(半里)ほど北にある中村公園の豊国神社が生誕の地とされている。

二年生の初夏、おっさんが名古屋港の六号地埠頭《ふとう》へ太郎を連れて魚釣りに出かけた。大きなボラが押し寄せて、入れ食いのようにして釣れた。両手に余る大きなボラを釣り上げる手ごたえに味を占めた太郎が、また行きたいとねだると、おっさんは、

「いつも柳の下にどじょうはいないよ」

と笑って、潮時というものがあることを教えた。

おっさんは近所で見かける子どもたちに漢字を見せて読めなかったものを、太郎が読めると、満足そうに「やっぱりボウは違う」と讃えた。どの子よりも太郎を可愛がった。サーカスや相撲見物、海水浴にも連れて行った。

＊

疎開であわただしく名古屋を離れる前夜、太郎はおっさん宅の戸を叩いた。玄関に出たおっさんの顔を見ると言葉が出なくて涙がこぼれた。おっさんは太郎を抱きしめて、

「ボウ、行っちゃうのか。おっさんを置いて行っちゃうのかいな」

太郎は声を出して泣いた。おっさんは太郎を抱きしめ背をさすった。

「何も言わなくていい。ボウが泣くとおっさんも泣けてくるわいな。ちょっと待ちなはれ」

奥からハーモニカを持ち出して、

「ボウ！　淋しい時はこれを吹け。ボウは田舎の子に負けるなよ」

「僕は負けない。弟をいじめる奴がいたら、やっつけてやる」

「卑怯《ひきょう》なことはするな。弱い者いじめをしてはだめだよ。ボウは偉い人になるんやから」

太郎には偉い人とはどんな人なのか分からなかった。七五三の時、軍刀をさげ、肩章や勲章をつけた大将の衣装で記念写真を撮られたが、そのような人のことなのだろうか。あるいは、貧しい百姓《ひゃくしょう》の子から出世した秀吉のような人のことなのだろうかと、思った。

*

名古屋の学校へ母親の由紀が転出の挨拶に出かけた時、一・二年生時、太郎の担任だった横江春江《よこえはるえ》先生は、

「修身や体操ではまだ及第点はあげられないけど、落ち着きも少し出てきました」と言った。

「この子の頭には怪我の痕の禿《はげ》がいくつもあります。先生のお指図《さしず》には従えない子どもでしょう。遊びに夢中になると、親の声は耳に届きません。遊動円木に頭をぶつけたり、溝に落ちて頭を打ったり。あっという間に親の許を離れて迷子になったりしました」

と、由紀が言うと、

「確かに、太郎君の丸刈り坊主頭には歴戦の痕がありますね。でも、愛嬌があって、人の気持ちの分かる子ですよ。この子は私と目が合うと照れるから、可愛いですわ」

「先生の笑顔が素敵だからでしょう。横江先生に一年生から担任していただきました。新入生の太郎が、お嫁さんには春江先生がいいと、言ったことがありました」

「あら、こんなおばあさんなのに……かわいいですね」

「親にしてみると、手に負えない子ですが、愛嬌があると、人から可愛がられるところはあります。怒ると、年長児にでも構わず向かっていき、殴られました」と、由紀は言った。

「いつでしたか、太郎君が先頭になって三人で隣の教室へ殴り込みをかけました。自分のク

ラスの仲間がいじめられた復讐《ふくしゅう》でした。疎開先でいじめにあったり喧嘩になったりしないといいですね。疎開児と現地児童とのいざこざが新聞にも出ていました」と、言う先生の話に驚いた由紀は、

「殴り込みで誰か怪我《けが》はなかったでしょうか？」と尋ねた。

「仕返しを受けて殴られた子は三人です。怪我はありません。一・二年生ではよくあることです」

「その事件はどうして先生に知れたのでしょうか？」

「始業前、ちょうど隣教室のS君のお母さんが、S君に忘れ物を届けて廊下に出た時でした。入れ違いに教室へ突入した太郎君たちを見たS君のお母さんは、引き上げて廊下を走る太郎君の胸の名札をもぎ取って、職員室に届け出たのです」と、先生は説明した。

「なるほど、名札の付き方を不審に思ったことがあります」と、由紀は合点《がってん》した。

「お母さんに訳を話して名札を付け直してもらいなさいと言ってやりました。当人たちを叱れば済むことです。学校から親御さんにお伝えするほどのことではありません」

「太郎に聞いてみると、名札が落ちそうになったから自分で付け直したと言いました」

普段、先生から褒められることはないが、叱られたとしても、

「今日、春江先生に叱られた。ほっぺを両手で挟《はさ》まれて、『悪い奴じゃ』と頭突きをされた」

と、親に告げる太郎の表情はあっけらかんとしていた。

母親は、かねてから、担任を、子ども理解のできる温かい人柄と見て信頼していたので、太郎の学校での不行跡も素直に聞くことができた。

「太郎のような腕白を二人も抱《かか》えています。詫び証文を首にかけて暮らすようなものです。お世話になりました」と、由紀は言う。

意欲に任せて果断に行動するが、失敗も多い太郎である。よく気が付いて動き過ぎて、注意力を欠く子は多い。先生の話に興味が出なければ別のことを始めたりわき見をする。反応が正直な太郎を見れば、先生は自身の授業展開への注意信号と思った。

横江先生は、大きなお腹で四人の子を抱えて遠方へ疎開していく母親の苦労を思った。太郎はそのうち自然に落ち着きも注意力も備わってくるだろうと見ていた横江先生は、励ましの餞別《はなむけ》に、用意しておいたこの話を口にした。

「このところクラスで人気が出たのは太郎君でしたよ」

「えっ？　どうしてですか？」と、由紀はまた驚く。

「太郎君のお話が受けるのです」

「どんなお話をしたのでしょう？」

「去年の夏に太郎君が糞甕《くそがめ》（野溜《のだ》め）に落ちた話です」と、先生は話した。

人の糞尿は便所から汲み取られて畑の隅に埋め込まれた大甕《かめ》に蓄えられていた。それは肥料資源であった。自然発酵させたのち、水で薄めて畑作物の根方に撒《ま》く為のものである。

太郎はトンボを追いかけて畑中を走っていて、その糞甕にはまってしまったのだ。糞甕から何とか這い出して、虫かごを拾って家に帰ったが、体中糞まるけ（まみれ）で家に入れない。仕方がないから玄関の外から「カアチャーン、カアチャーン」と呼んだが、何も知らない母親は「入ってこやあええが（入ってくればいいでしょ）」と返事する。太郎が「クソガメにハマッタよ」と言うので、母親は太郎を裏へ回らせ、遠くからホースで水をかけてやった。太郎は自分でシャツもパンツも脱いで、体中、手も足も浴びる水で洗いつくしてから家に上がったのであった。

「まあ、あれを話したのですか、馬鹿ですねえ、あの子は」と、由紀は言った。

「この話は子どもたちには受けました。毎月のクラス行事として、誕生月の子どもに自分の体験談を話させています。二年生は話したい年頃ですから、喜んで話します。上品なお話よりも、うんこ、お尻というような言葉には特に興味を示します」と先生が話すと、由紀は、

「そんな失敗談なら太郎はたくさん持っています。中でもこれは極《きわ》めつけです」と笑った。

「十月の誕生月の子が一人しかいなかったので、みんなが、糞甕の話をもう一度太郎君にしてくれと頼みました。面白いからもう一度やれと拍手が起こりました。特別扱いになりましたが、私はやらせました」

「まあ、同じ話なんでしょ？　やったんですか！」と母親の由紀はあきれた。

「同じ話でしたが、今度はもっと受けました」

「あら！　なぜ？」

「体を洗ってお昼ご飯を食べますと、なんだか臭い。鼻の穴や耳の穴に汚れが残っていた。『これが本当の耳くそだ！　鼻くそだ！』と、太郎君は落《お》ちをつけたのです。クラスの皆がどっと笑いましたよ」と、先生は笑いながら言った。

「その部分は太郎の作り話でしょう。あの時私はその科白《せりふ》を聞いていませんから」と、由紀も笑った。

「その後で、歩きの遠足がありました。道すがらみんなは糞甕を見つけては数え、喜びました。作文に糞甕を十三も見つけたと書いた子もありましたよ。時には一年生の子までも、太郎君を指《ゆび》さして、『くそがめ太郎』と囃《はや》すそうです」と、先生は加えた。

　由紀は、太郎が良い担任に恵まれたことを嬉しく思った。

三　父親の里

山と川と田畑が作る田舎の風景は太郎の好奇心を刺激した。

水車小屋が面白い。水車を回す水を導く細い水路の起点は伯父の家の横にある。川を堰き止める石組み段の上部から細い水路に水が通る仕掛けになっている。水車を回転させた水はしぶきをあげて元の川へ落ちていく。水車小屋の中に入って見ると、水車の太い軸から出た腕がきしみながら回転し、三つの杵《きね》を交互に持ち上げて臼《うす》に落とす仕掛けである。幼時からおもちゃを分解することが好きな太郎は、その仕組みに感心する。

四月、水車が、どっぷり水を受けて勢いよく回る雨の朝である。始業式に兄弟三人は伯父に連れられて小学校へ向かう。太郎は新三年生、姉は新五年生になる。新一年生の弟は、傘を回したり水たまりに好んで足を入れて歩くので姉が叱る。母親は身重だから付き添いは義兄に頼んだ。太郎は足の運びが悪いのか、踵《かかと》の跳ねしぶきを尻まで飛ばして歩くので、伯父に歩き方を注意される。小田川の金毘羅《こんぴら》橋を渡ると、雨にうたれ咲く桜の並木が校門まで続いた。

＊

伯父の山の竹林に筍《たけのこ》を掘りに出かけた。伯父と堤さんが鍬《くわ》を入れたところを、姉や正志とシャベルで掘り出す。斜面がきついので竹の落ち葉の上に乗ると滑って転んだ。柔らかい竹皮に種を抜いた梅干しを包んで、皮越しにしゃぶっていると、ほんのりと梅肉が沁みだして、微妙に優しい味となる。竹藪の横には八朔《はっさく》の樹がある。熟した実は樹から落ちている。鈴なりの枝から太郎たちは籠いっぱいに採った。

太郎は正志を連れて、あちこちと歩いて探索した。牛を飼っている家もある。太郎が牛小屋に近づくと、牛は優しい眼を向ける。透明な川の淵に魚影を見ると心躍らせて釣り糸を垂らした。

正志は独りでは出歩けない。太郎にいつも付き従っている。時には、

「そんなについて来るな。自分で遊べよ」

疎《うと》ましく感じて追い返すこともあった。

「遊ぶ子が居ない。兄ちゃんについて行く」

太郎も正志も近所では遊び仲間がまだできていない。しつこく付きまとわれると、石を弟の足元に投げて追い返すこともした。ひとりになればなったで、何かをする当てはない。日

曜日、薄暗い祖母たちの住居に入っても気ままにふるまえる空間はない。散り始めた桜のもの憂い陽だまりに蟻の行列をぼんやり眺めた。弟が離れたがらない気持ちは分かるが、弟と一緒に居てもこの淋しさは消えそうもない。かわいそうだと思うが、ひとりで居たいときもあった。

ある日、学校の帰り道で正志は泣かされて帰った。いじめられたと聞いて、太郎は橋のたもとに石を握って犯人を待ち伏せた。正志と同年らしき悪童たちは迂回して下流の橋に逃げた。

四　三年二組

二組担任の菅谷《すがや》先生は、太郎の座席を山田君と二人並びで指定した。二人は一番後ろの列を占めた。山田君は太郎より一年早く神戸から疎開している。いつもにこにこして落ち着きがある。二人はすぐに仲良しになれた。

習字用の白い半紙がないので新聞紙に筆書きしていた。山田君は保存のハトロン包装紙を捨てないで、半紙大に截《き》って持っていた。山田君がくれた一枚の包装紙に清書して出したら、教室の壁面に張り出されて映えた。

ある日、山田君が穿《は》いてきたパンツのゴム紐の結び目から先が余っていたので、

「余っているところを切って僕にくれないか？」

「いいよ、何にするの？」

「ゴムカン（パチンコ）を作りたい」

「短か過ぎるよ」

彼はその部分をナイフで切って太郎にくれた。十センチほどのゴム紐であったが、天然ゴムだから貴重であった。戦時米英蘭《べいえいおらんだ》からの経済封鎖によって、ゴム製品は入手できない。パチンコがだめなら、舟のスクリュウを回すゴムにもと思ったが、いずれにしても長さが足りずに使い物にはならなかった。しかし捨てられなかった。姉ちゃんなどは飴の包み紙でさえ折り目を伸ばして大事に貯めていた。

山田君は「鶏小屋！　トリゴヤ！」と級友からは囃《はや》されて嫌な顔をしていた。ある日の放課時、うるさく囃し立てるのにこらえきれず、

「このヤロウ！」

彼は一番しつこい一人を投げ飛ばした。おとなしい山田君が席を蹴って立ち向かった時に、太郎は彼の権幕《けんまく》に驚いた。山田君は級友のひたいに血がにじんでいるのを心配そうに見ながら自分の椅子に戻った。太郎は子ども同士の悪態《あくたい》合戦には慣れていたので、山田君への悪口を気にも留めていなかった。彼はよほど腹に据《す》えかねたのだろう。投げられた児童は「痛い、イタイ」と泣きべそをかいていたし、それを見て山田君は怪我の具合を心配そうにしていた。山田君の心配が気になったので、太郎は泣きべそ君の額に顔を寄せ、

「痛いか？」と、声をかけた。

「痛いわい！」と泣きべそ君の返事には痛さより口惜しさがある。

「かすり傷じゃけえ（だから）、唾《つば》をつけておけば大丈夫」と、太郎は泣きべそ君の手をとり引き起こした。泣きべそ君が着席すると、山田君はホッとした。授業が始まったが誰も先生には事件を告げなかった。

察するに、山田君は親戚の納屋《なや》のような離れを借りて疎開住まいをしていたようだ。太郎自身は、級友からいじめにあったという意識は持たなかったし、誰との遊びにも疎開者の引け目を感ずることはなく一緒に遊び戯れた。

＊

家族のことを作文する授業で、太郎は「ぼくのお父さん」と題して書いた。

――夜中にくうしゅうけいほうのサイレンが鳴りました。寒さにふるえながらきがえをして、防空頭巾をかぶって防空ごうへ入りました。お父さんは鉄カブトをかぶり、ゲートルを巻きバケツを持って出ました。探照灯で敵のB29を照らし、高射砲でこうげきします。弾は敵の飛行機にとどきません。敵はしょういだんをばらまきました。これが屋根をつき破ってもえると家はやけてしまいます。遠くのあちこちがもえて空が赤くなりました。近くの家ももえ上がりました。

ドスンと大きな音がしました。しょういばくだんです。前の道に大きな穴が空いて火の玉が飛びちりました。大きな火の玉は隣の屋根瓦の上にとんで、そこでもえています。

「早く火を消さないと、敵のこうげきもくひょうになる」と、だれかが言いました。

僕のお父さんは火消しモップを持って、はしごをかけて屋根に上がりました。心配だから防空ごうの入り口で見ていました。お父さんはモップで火をたたき消しました。ぼくはそれを見て思わずはくしゅしました。

でも、すぐに、ぼくは、

「あっ、危ない！」と叫びました。

お父さんは立ったまま屋根をすべり出しました。お父さんはそのまま地上へたたきつけられて死んだと思いました。しばらくして、お父さんが防空ごうへ現れた時は夢かと思いました。お父さんは、ぼくだんの油で滑《すべ》り出したのです。お父さんはかくごして、安全な場所を見て飛びおりたそうです。お父さんは忍者か牛若丸みたいだと思いました。

ここへそかいしてきたときは、お父さんは駅から一里の道を、リヤカーにお母さんと子ども四人を乗せてはこびました。ぼくも上り坂の時ちょっとだけ手伝いましたが、リヤカーを引くのはとても力がいります。ぼくのお父さんは力持ちだと思いました——

先生の指図《さしず》を受けて、太郎が作文を皆の前で読んだ。児童たちは空襲の様子に驚き、太郎に質問を浴びせた。空襲警報など聞いたこともない。防空頭巾を被ったこともない。ましてや焼夷弾など見たこともない子ども達に黒板も使って説明した。得意な気分になった勢いで、太郎は、名古屋城が焼け落ちたことや、東山動物園のライオンや熊が安全のために殺されたことなども話した。

＊

川下の田舎町に住まいを移して数日後のことである。

太郎が授業後の掃除当番のときに、持ってきた自慢の鉄独楽《てつごま》を回して見せた。軍需に回す金属を集めるために「金属類回収令」が出て寺の鐘から家庭の鉄瓶まで供出させられた。湯たんぽでさえ陶器のものが作られた。一般の手に入るのは木製の独楽であった。太郎の鉄独楽は形の良い削り出しで太郎の宝であった。これだと投げ回しや綱渡り回しもできる。

しかし一人の児童が、

「おもちゃを持ってきてはいけんよ（だめだよ）」

と非難する。もう一人が、

「いーけん、いーけん、先生に言うてやる！」

囃《はや》しながら教室を出た。

戻ると彼は、

「先生が、職員室の廊下に立っちょれと言うとった」と伝えた。

太郎はその言葉を受けて、職員室の廊下に立った。

許しが出ない。全校生徒が下校した校舎は静まり返っている。先生方さえ帰り始める。小便を洩らしそうになる。便所に走って、用を済ませると急いで戻った。

やっと菅谷先生が職員室から廊下に出てきた。帽子掛けから中折れ帽を取る時に太郎に気づいた。

「オヤ、太郎君！　どうした？」

太郎は、好々爺《こうこうや》の菅谷先生のひと声で、騙《だま》されたと覚った。

声を詰まらせながら、

「先生が廊下に立っておれと言ったから」

「エッ、そんなこと！　先生は言うとらん。意地悪されたんじゃな。おーおー、可愛そうに、早う帰れい（早く帰りなさい）」と、太郎の頭をさすった。

家に帰り着くと、臨月のお腹を抱えた母親が、

「お帰り、遅くなったね。千鶴ちゃんが教えてくれたよ。罰で残されたんだって？」

千鶴ちゃんは同じクラスの女児である。そして、太郎の家の隣に住む大工の坂《ばん》さんの娘である。坂さんには、借家へ入居時に家屋の補修や棚づくりをしてもらった。頼みになる隣家である。

「タロちゃんは朗読が上手だよ」とか「作文が上手だよ」と、千鶴ちゃんが由紀に伝えたことがある。太郎は千鶴ちゃんには親しみを感じていた。

「どうして、先生に叱られたの？」

由紀は尋ねた。

「叱られたんじゃあない、友達に騙《だま》されたんだ！」

「あら、先生に立っておれと言われたんじゃあないの？」

「先生は言わなかった。友達に嘘をつかれたんだ」

「先生が言わなかったのに？　嘘を本当だと思ったのね」

「うん」

うなずくと涙があふれ出た。母親は、太郎の頭をさすりながら、

「悪い友達！　でもどうして友達はそんな嘘をついたの？」

「僕が鉄独楽を学校で回したから……学校へ玩具《おもちゃ》を持って行ってはだめだったんだ」

「わかったよ。知らなかったから仕方がない。でも掃除当番が独楽《こま》で遊んでちゃあ駄目だよ」

由紀は太郎の涙をエプロンの裾《すそ》で拭《ふ》いた。

いつの間にか、隣の千鶴ちゃんが太郎の戸口に来てこれを聞いていた。気付いた由紀が、

「千鶴ちゃん、心配してくれたのね。ありがとう」

「おばさん、よかったね。タロちゃん騙《だま》されたんだよね」

気持ちの通ずる級友は山田君だけではない。千鶴ちゃんという味方を得て、太郎は気が晴れた。

太郎は嘘を告げた児童を忘れて、翌日はけろりと登校した。

＊

由紀は引っ越した家で、節子《せつこ》を無事に産んだ。五人の子を女手一つで育てる生活が始まった。家族は赤ん坊中心のあわただしさとにぎやかさの場と化した。由紀の世話が節子に集中するから、四人は母親を頼れないことになる。可愛い妹ができた嬉しさも、四歳になったばかりの芳子には淋しさが伴った。和子には家事の手伝いが増えた。

出産に際しては、同じ地区に住む小林《こばやし》婆さんに家事をお願いした。小林婆さんを紹介してくれたのは隣の坂さんであった。婆さんは還暦を迎えた親切な人であった。産前産後の十五日間お世話になった。こういう世話には慣れている人で、産後の五日間ほどは泊まり込んで家族の食事や子どもたちの世話をしてくれた。出産前に由紀はおしめや産着《うぶぎ》など万全の用意をしておいたが、婆さんは盥《たらい》を大きなものに変えたり湯沸かし用の大きな薬缶《やかん》を補ったりして備えた。

小林婆さんは夫に先立たれて間もなく次男を支那事変で亡くした。長男が結婚すると、嫁《よめ》姑《しゅうと》の煩わしさを避けて、離れの一間で気ままなひとり暮らしをしていた。元気で気働きのできる人なので、あちこちから家事や仕事の応援を頼まれた。臨時のお手伝い収入で自分の小遣い銭には困らなかった。

由紀の老母の濱がやはりこの小林婆さんと同じように独り暮らしの境遇で、愛知の漁村で暮らしていた。漁船の遭難で夫を失い、女手ひとつで由紀ら三人の子を育てた。嫁との折り合いが悪く、ひとり暮らしをしていた。由紀は、小林婆さんのこだわらないきびきびとしたしぐさの背に孤独の影を見ると、自分の老母を思った。

「おお、おお、節ちゃん、ええ子だ」

婆さんは、時々やって来ては節子を抱き上げる。祭礼や法事のお手伝いの後には、お下《さ》がりの稲荷寿司やかき餅などを太郎たちに置いていった。

「今日はどこかのお帰りですか？」

「ひさしぶりに弘法《こうぼう》さん参りに」

婆さんは寺社の縁日を楽しみにして出かけると、参詣記念のお土産をくれた。

「こんな時でも縁日には皆さんお集まりですか？」

「顔なじみに逢えればうれしいけえ行くんじゃ。お参りと言えば聞こえもええし」

婆さんは由紀に話を聞いてもらいたい。一方、由紀にしてみると頼りになる相談役であったし、近在の医院や地域の人間関係の情報提供者でもあった。子どもたちは懐《なつ》いたし、婆さんは節子の成長を楽しんだ。

「遠くまで出かけるのも大変でしょうに。いつでもここへ寄って下さいよ」と由紀は言う。

婆さんが訪ねてくれれば、由紀は自分の親のように歓待した。小林婆さんは、自分の長男家族のことは聞かない限りは話さない。世間話をしながらも、節子のおしめを畳んだり、太郎たちのズボンの破れを繕《つくろ》ってくれた。婆さんから針の糸通しを頼まれると、太郎は嬉しかった。

出産直後に父親が見舞いに来たが、そのときに、お七夜の内祝いを早めて、お赤飯に添えて名古屋から持参の砂糖や、石鹸を父親の実家やお世話になっている皆さんに配った。砂糖や石鹸は軍需工場への出入り商人としての余得である。当時食糧や生活必需品は、軍を最優先に、次いで軍需産業や鉄道関係に優先されていた。

五　田舎の初夏

田舎の初夏は山も里も色彩豊かになり、人の気分は高揚する。桜が散り、川面の花筏《はないかだ》が消えると、若葉がきらめき、川辺も山も緑が色を濃くして景観が刻々と様変わりする。学校の築山の躑躅《つつじ》が咲き乱れ、梅の実が大きくなる。代掻《しろか》きが終わって水を張ると、田は鏡のように光る。水辺に咲く藍のアヤメは幼児の記憶を呼び覚ます。鶴舞公園の菖蒲池に連れられた時の母親の着物模様に見たような懐かしさだ。黄色アヤメは太郎の感覚に鮮烈な黄色の慕わしい原体験となった。雨に打たれる紫陽花《あじさい》のあでやかな花模様は見知らぬふる里の慕わしさであった。

田植えの時期には学校は農繁休業になる。太郎と姉は在所の田植えに出かけた。姉は苗を運んだり、お茶の用意を手伝う。太郎は田植えの人たちに苗渡しをした。皆の昼休憩に、権伯父さんが、

「タロも田植えをやってみんさい」と言った。

太郎は、ぬかるむ水田にそっと足を入れた。前かがみになって一列毎に横に植えていく。次の列へ退《すさ》り、また横一列に苗を植える。自分の足で窪みを均《なら》しながら、苗を程よく泥田に埋め込むのは難しい。泥田に足を取られそうだ。伯父さんは、並びの悪い植え方を見て、手直しの手間が増えると思い、

「タロ、もうよい。上がって来い」と言った。

「わーい、もうだめ、もう参ったよ」

太郎は年寄りのように腰を叩くと、伯父さんが、

「稲を育てるには、手間がかかるんじゃ。米という字を書いてみい」と言う。

「簡単だよ、こうでしょ」

太郎が手の平に指で書いて示すと、伯父さんは、

「その通りじゃ。米の字は、八十八と読めようが。稲を育てるには八十八の手間がかかるという意味じゃ。この後の田の草取りも難儀な事じゃ。稲刈り・脱穀・精米して初めてご飯になるんじゃ。米一粒でも無駄にはできんのう。この田んぼは伯父さんのお爺さんのそのまたお爺さんの昔に、皆で力を合わせて雑木を払い水を引いて作り、ずーっと代々守ってきたんじゃ」と話した。

「だから、ご飯の時は『箸《はし》とらば、天地御代《あめつちみよ》の御恵《おんめぐ》み、祖先や親の恩を味わいいただきまー

す』なんだね」と、太郎は学校での作法を言い、薬缶《やかん》の水で手を洗うと、「いただきまーす」と大声で手を合わせて握り飯に手を伸ばした。

筵《むしろ》に集まって食べる握り飯はおいしい。隣の農家と共同してやるから賑《にぎ》やかである。田植えや稲刈りは二～三戸の農家が協働してやるのが慣《なら》わしである。皆が和気あいあいで、にぎやかなので、太郎には祭りのような感じがした。

太郎の労働力などは当てにされていない。遊びに来たようなものである。タンポポの草原へ入ると、しろつめ草が群がっている。姉に習って花冠《かんむり》づくりをして遊ぶ。土手などにはスカンポ（イタドリ）が新芽を伸ばしている。ぽきりと折れて、皮を剥《む》けば酸《す》っぱいが、しゃぶることができる。

田植え前後から梅雨《つゆ》となり、やがて、夏となる。田舎の季節の変化はあざやかである。新緑の水路にアメンボの影が走ると、水路も子供たちの活躍場所となった。田に水を引く為の細い水路には、メダカやフナやドジョウが居た。太郎は正志を加えて友達五人でかいどりをした。一年生の正志も役立とうと懸命にバケツのリレーに加わる。水路の一間半ほどの両端を土で堰《せ》き止めて、バケツで水を汲み出して空にすると、フナやドジョウを手でつかみ取ることができる。気が付くと脚に蛭《ひる》が吸い付いている。それをもぎ取って「このやろう！」と、土手にたたきつける。掬《すく》ったメダカを正志は持ち帰って家の甕《かめ》に入れて飼育した。

＊

由紀は土曜日子どもたちが学校から帰るのを待って、節子のお宮参りを家族全員で歩いて五分の氏神神社へ出かけて祈った。神主もいない小さな神社だから祈祷もお祓いも受けることはなかった。お昼にはぼた餅とお赤飯で節子の生後一か月の無事成長を祝った。

太郎は、母親が持たせたぼた餅とお赤飯をお土産にして、伯父さんの家へ出かけた。正志もついてきた。

「今日はウナギを釣るけえ（から）、ついて来《き》ねえ（来なさい）」

伯父さんに誘われて川に出る。正志が、

「ウナギはどこにいるの？」と聞くと、

「昼間は岩の隙間に隠れとる」

と答えて、伯父さんが護岸の石組みの隙間に釣り針付きの竹を差し込むと、大きなウナギがかかった。太郎もやってみたが、どの隙間に獲物がいるかはわからない。

伯父さんは毛ばり釣りを教えてくれた。川に毛ばりを流すと、ハヤがかかった。暮れかかると羽虫を食べに魚が水面近くに出る。一度に二匹もかかることがある。正志にも釣れた。

堤さんが夕飯だと呼びに来たので、ハヤをバケツに移して家に入った。

「わー、いい匂いだ」と、正志は囲炉裏端《いろりばた》に上がった。

先に川を引き上げた伯父さんは釣ったウナギを蒲焼きにしてくれた。

「どうだ、タロ、旨《うま》かろが」と、伯父さんは得意そうだ。

「うん、旨い。だーい好き」と、太郎はご飯にのせた蒲焼きに箸をつけた。

「伯父さんが釣ったウナギじゃ」

お酒で赤い顔をした伯父さんはご機嫌である。

熱く柔らかいウナギと、たれの沁み込んだご飯は本当にうまい。太郎は、生臭い魚を食べなかったが、ウナギの蒲焼きはおいしいと思った。

「遅いけえ、泊まっていき」

伯父さんに勧められるまでもない。翌日は日曜日だから、そのつもりで家を出ている。

堤さんが風呂で二人の体を洗ってくれた。自分の家では正志と二人で風呂に入るが、正志の入浴はいつも烏《からす》の行水《ぎょうずい》で、あっという間に風呂場から出ていく。この日は先ず湯舟に六十秒浸からされた。正志の「ダルマサンガコロンダ」の数え方を堤さんは許さなかった。数え方が速過ぎるともう六十秒追加された。

「風呂にちゃんと入っているんかいな？　垢まみれじゃ。また虱《しらみ》がわくぞ」

堤さんは固く絞ったタオルで正志の全身をごしごし擦《こす》る。垢が小糠《こぬか》のように落ちた。堤さんは、普段男の子たちの体まで洗ってやることのできない由紀の多忙を思った。堤さんは、

「これからは兄弟で背中を洗い合うといいんよ。おじさんが正ちゃんの体を洗ったようにタロちゃんが正ちゃんを洗ってやるといいんだよ。正ちゃんだって兄ちゃんの背中をごしごし

洗うことぐらいはできるだろ」と言って、正志に太郎の背中を洗わせた。

太郎は自分でも自分の体を洗ったが、太郎の洗い残し部分を、堤さんに指摘されて擦《こす》ると垢は確かに出た。

さっぱりして、久しぶりに伯父さんの家の夜を迎えた。伯父さんの家の横を流れる川滝の音は涼しく聞こえる。小橋の上に立つと、蛙の声が川音と和して空に広がる。水車小屋の上空に谷間の星が手に取るように見える。遠くの茅葺家《かやぶきいえ》の灯りに人の温もりを感じて慕《した》わしい。山に抱かれた谷間の星明りは太郎と正志を包んで影絵のように美しい。

＊

堤さんに誘われてじゃが芋掘りをした。畑には夏でもないのに田舎には珍しい日傘の人が居た。モンペの上の着物は田舎では見かけない粋《いき》な柄の銘仙《めいせん》である。太郎の母親よりは高齢であるが、色の白い小綺麗《こぎれい》な人である。

堤さんが、

「おばさん、この草鞋《わらじ》に履き替えなさい」

「ありがとう。ヨウちゃん、この軍手《ぐんて》使ってもいいの？」

と、堤さんを子供に向かってでも呼ぶように言う。堤さんの親戚らしい。伯父さんは、

「ご長男の修さんは、来年卒業でしょうに。次は研修医ですかな？」と聞いた。

「研修医を勤めるんでしょうか。今は、専門学校生にも学徒動員がかかりますから、いきな

り軍に召集されるかもしれません。めったに知らせをしてきませんから……」

とおばさんが言うと、堤さんが、

「予科練の勇ぼんから便りはありますか?」と尋ねる。

「最近全く便りがないわ。青森へ転属と言ってきたなりだわ」と、おばさんは答えた。

このおばさんには三人の息子が居ることが分かった。そのうちの一人は太郎の学校で教員をしている森茂《しげる》先生である。未亡人のおばさんは茂さんと一緒に沢岡《さおか》に住んでいるということだ。

先ずは芋を掘りやすいように、芋の茎と葉を切り取る。伯父さんや堤さんが備中鍬《びっちゅうぐわ》を深く入れて土を掘り上げるとじゃが芋の大小が連なって地表に躍り出る。おばさんが、

「わー、子だくさんなおいもさん!」

若い女のように歓声をあげると、正志も、

「親子でいっぱい、赤ちゃんもいっぱいだ」

と言う。おばさんは、

「太郎さんのお家にも赤ちゃんがいるでしょ」

おばさんには方言や訛《なまり》はない。伯父さんは、

「こめえのがよおけえおるけに(小さい子が沢山いるから)芋をよおけえ持って行きねえ」

伯父さんは随分機嫌がよい。おばさんに親切である。伯父さんは芋の土を払っておばさん

に渡したりしている。

「持てるだけ拾って帰りねえ」

伯父さんの勧めで、太郎は籠一杯にした。おばさんは、

「赤ちゃん芋も美味しいのよ。とれたては皮ごと食べられるのよ」

と、小芋の粒を揃えて正志に渡した。

背中のリュックは重いが、意気揚々と家に持ち帰った。母親は、じゃが芋を小分けして、坂さん宅へ太郎に持たせた。

小芋は皮ごと油いためした。掘りたての新じゃがの皮は柔らかいからそのまま食べられた。母親が味噌汁にじゃが芋を入れると、自分のお椀にじゃが芋が少しでも多く入ることを願った。

＊

ある日、弟を連れて伯父さんを訪ねると、

「山へ上るけえついて来るか？」と伯父さんがにこやかに声をかけた。

太郎たちはよろこんでお供をした。伯父さんの家の前の橋で、芋掘りで一緒だった小綺麗なおばさんと合流した。つづら折りの急坂を上ると見晴らしの良い山の上に出た。山と言っても一番高いところでも四百メートルほどの緩やかな山の連なりである。登り道の途中でふり返ると、伯父さんの家や水車小屋が箱庭のように見えた。杉の林を抜けて小高いところに

出ると、

「この辺に昔は城があったんじゃ」と伯父さんが言う。おばさんが、

「毛利の城でしょうか？」

「毛利か宇喜多かわからんのぅ。戦国の昔の山城址じゃぁ。いくつもの大名が領地争いで小競り合いしていたんじゃ。こげえな砦址はあちこちの山に残りよる」

それを南に向かって散歩するということだった。見晴らしの良いピークに立つと右手の下方に小田川が流れ太郎の学校が小さく見えた。南前方には遥かに瀬戸内海が光る。舟のものらしい航跡が白く引かれて光る。伯父さんの家は山奥だと思っていたが、瀬戸内海が眺望できたのに驚いた。眼を凝らして見ると大小の島が並ぶ。海と島々の景が浮いて見える。山と海と空の広いつながりに太郎も正志もうれしくなり、一段と高い岩を見つけると駆け上がった。

伯父さんが、

「こげえに（こんなに）海がよう見えるのは珍しい。向こうの笠岡の先に見えよるのが、北木島じゃ」と、指をさす。

おばさんが、

「水島は？」と聞くと、

「左の方が倉敷、その先に水島や鷲羽山《わしゅうざん》がある」と、伯父さんは答える。

「鞆《とも》の浦は？」

「福山の先じゃけえ右の海岸じゃろう」

おばさんと話すときの伯父さんは楽しそうである。眺望のきく木の下でおばさんの持ってきたおにぎりをいただいた。伯父さんが松ぼっくりを拾って、その中の小さな実をほじくり出した。

「食べられるんじゃ。食べてみ」と太郎たちにくれた。おばさんも一つ口にして、

「これだけ食べても小さくて食べごたえはないけど、高級な料理に使うこともあるのよ」と言った。

伯父さんは、

「この時期ではもう実が土にこぼれて見つけにくいが、実を集めて商売する人も居る」

と言いながら煙管《きせる》の煙草《たばこ》をくゆらせた。

太郎も松かさを拾って、実を探したが、開ききった鱗片にはほとんど見つけられなかった。

おばさんが、

「沢岡《さおか》では内山完造《うちやまかんぞう》の名をよく聞くのですが、上海で立派に活躍の人らしいですね」

と言った。

「芳井の元村長の長男じゃ。完造が参天堂《さんてんどう》社員として支那で目薬の宣伝販売をしていたころ

に、奉天の私らの兄が逢って同郷の誼《よしみ》を交わしたと聞いたことがある。後に、上海と東京に書店を持って、支那と日本との文化交流に貢献しているそうな」と伯父が話すと、おばさんは、

「支那事変が泥沼になって完造さんは大丈夫なんでしょうか」と完造の身を案ずる。

「そりゃあ分からんのう。完造は、過酷な労働に懸命に汗する支那人の苦力《くーりー》を見て、支那をよく知ろうと決めたそうな。支那に骨を埋める覚悟で、郭沫若《かくまつじゃく》というような支那人とも交流し、魯迅《ろじん》とも親交があったそうだ。魯迅は内山の紹介で武者小路実篤《むしゃこうじさねあつ》や鈴木大拙《すずきだいせつ》にも会っているそうだ。完造は日支の和平を強く願う人なんよ。支那事変は日支によるアジア内戦だよ。望まないことだよ。早く終わらせにゃいけん。大東亜共栄どころかこの隙にソ連やアメリカに乗じられることになるよ」と言う。

「よくご存じですね」とおばさんが感心すると、伯父さんはさらに続けて、

「歴史を言えばこれもこの地の話じゃがのう……井原は芳井も含めて一橋領だったんじゃ。渋澤栄一《しぶさわえいいち》は一橋《ひとつばし》（徳川）慶喜《よしのぶ》に命じられて、農兵を集めるためにここへ来ているんじゃ。今ある興譲館《こうじょうかん》の門標の字は渋澤が書いたものじゃ。最後の征夷大将軍が徳川慶喜だったから日本は内戦とならずに、天皇の下《もと》で一つになって西欧列強から国を守れたんじゃ」と話した。

帰りは、お稲荷さんの祠《ほこら》のある寺を廻って小田川沿いの与井《よい》の集落へ降りた。そこの一軒に立ち寄り、お茶をいただいた。伯父さんがその家での用を済ますと、皆は帰路に就い

た。小田川を少しさかのぼれば宇戸川との合流点に達するが、そこに太郎たちの家がある。太郎たちはそこで伯父さんとおばさんを見送った。今日の伯父さんは年寄りじみたところがなく、のんびり屋で頼りのない人ではない。物知りな伯父さんである。太郎には話の内容はよくわからないがおばさんは伯父さんを見直したようだと感じた。太郎は伯父さんに自分の父親に近いものを感じた。それは父親の背広から染み出す煙草の香の慕わしさだ。おばさんと一緒だったことは母親に報告しなかった。母親には、楽しくない話題だと感じていたからだ。ずーっと幼い頃、父親について行った先に、若い女がいて優しくしてくれたことがあったが、そのことはやはり母親に言わなかった。

＊

幼い五人の朝は戦場のような状態となる。由紀は竈《かまど》に火を入れて、米研ぎした釜をのせる。赤子のおむつを交換して授乳をする。その間に、和子は味噌を溶《と》いて茄子を刻みワカメを入れて味噌汁を作る。寝ぼけ眼《まなこ》の正志の敷布団は寝小便の地図ができていることがある。母親は子供たちを急《せ》かせて朝食を取らせる。鉛筆がないと泣く正志に和子のちびた一本を譲らせる。戦時下では物は乏しくなり、消しゴムも鉛筆も店に並ばない。ゴム毬《まり》もズック靴も配給切符制でめったに手に入らない。弁当箱をハンカチで包んでランドセルに入れ学校へ送り出す。雨が降る日は、

「僕の傘の骨が折れている」

正志は家を出る間際になって言い出す。しかたがないので母親の番傘を与える。

「長靴に穴が空いた」

太郎が言えば、

「ズックでも下駄でもいいよ」

母親は急《せ》かせて子どもたちを追い出す。出陣のひと騒動である。

＊

流通の悪い戦時下では肉や魚などの食材入手に難儀した。卵は高価で、病気の時しか与えられなかった。油揚げがお菜に煮込まれると喜んだ。

菜園の肥料には下肥《しもごえ》を使う。糞尿を汲み上げてそれを薄めて畑に撒くので、回虫を腹に宿す児童が居た。国民学校ではお腹の回虫駆除に海人草《かいじんそう》の煮出し汁を学童に飲ませた。

正志は、ある夕飯時、得意げに、

「今日、フクちゃんに海人草をもう一杯もらって飲んだよ」

と言う。和子が、

「へえっ！　私は鼻をつまんで飲んだのに！」

続けて太郎は、

「ばかだなあ、正志は！　あんな不味《まず》いものを！」

と笑った。滑稽だが、弟の無邪気なところが可愛く思えた。飲み物に事欠くとしても、虫下し汁まで喜んで飲むとは！「ばかだなあ」は太郎の口癖である。

フクちゃんとは山崎屋の少年のことで、国民学校の見習い小使いさんであった。顔見知りのよしみで小使い室の薬缶《やかん》に残っていた海人草汁を正志に一杯ふるまってくれたのである。

フクちゃんの好意を伝えたかった正志は、よほど口惜《くや》しかったのか、

「僕はばかじゃない！　バカは兄ちゃんだ！」

と殴りかかった。太郎はその手を払いのけ、

「何でもいいのなら馬のしょんべんでも飲め！」

♪山の奥の薬屋《くすりや》は
　白墨《はくぼく》削って粉薬《こなぐすり》
　馬のしょんべは水薬《みずぐすり》
　オーラ、鼻くそ丸めて
　まめ仁丹《じんたん》
　それを買うのはアンポンタン

と歌ったから、弟はくやしくて泣き出す。

ラジオで流れて『めんこい仔馬《こうま》』という童謡が流行《はや》った。可愛い仔馬に、立派な軍馬になれと呼びかけて育てるという歌詞であるが、軽快な曲に仕立てられ、親しまれていた。調子が良いから山の薬屋の歌に変えて広まった。男児はこの替え歌を好んで歌った。

母親は海人草の汁でも、フクちゃんの好意なら喜んだ正志がいじらしく、
「食べ物に好き嫌いないないマサちゃんは偉いね」
と慰め、ついでに、
「兄ちゃんは、煮干しの入った味噌汁を飲めないじゃないか」
♪三年生の兄ちゃんは
魚は食べない　味噌汁も
煮干しが入れば飲めないよ
オーラ、これじゃ体も
できないよ
これがほんとのアンポンタン
と、即興の替え歌にして歌った。姉ちゃんは、
「面白い！」
と手を叩いて笑った。芳子が、
「♪これがほんとのアンポンタン」と、太郎を指さして無邪気に歌った。
太郎はひょっとこのような口を作り、顔をしかめた。
母親は調子に乗って、拙《まず》いたしなめ方をしたと後悔した。正志が寝小便を自分で制御できないと同様に、太郎が煮干しを受け付けないのは、意識下で体が命ずる拒否反応だから、責

めるのは酷である。いずれも無理して矯正できるものではない。小林婆さんが諫《いさ》めた通り、そのうち自然に解決するだろう。

太郎は魚がほとんど食べられなかった。野菜の煮物にも鰹節《かつおぶし》を使った。鰹節削りは太郎の仕事であった。

裏庭の空き地で母親は小さな菜園を作った。茄子やきゅうりやトマト栽培で生活防衛を図った。在所で採れた野菜を、堤さんが運んでくれると助かった。食糧不足を補うために、政府は、カボチャの栽培を奨励した。母親は五年生の姉ちゃんに節子の子守《こも》りをさせて太郎に畑仕事を手伝わせる。太郎は土起こしや水くみを手伝った。

ある日、堤さんが通りすがりに立ち寄って、

「在所の畑の枝豆を早く採りに来《く》りやあ（お出でなさい）」

と勧めた。

「でも…権伯父さんに無断では……」

由紀はためらう。堤さんの勧めだから問題はないのだが、義母や義兄には気が引ける。

「権伯父さんが沢岡《さおか》に運んでしまう前に行きやあ。伯父さんには伝えておくから」

と、堤さんは勧める。小田川沿いの沢岡地区には堤さんの伯母にあたる森未亡人が住んでいる。堤さんは、権平伯父の未亡人への贔屓《ひいき》をそれとなく洩らしたのである。由紀は、義母と養女・雅恵《まさえ》との睦《むつ》まじさに対するような嫉妬を感じた。片や義母に片や義兄への憎しみに

似た感情に気づき自己のひがみに舌打ちした。

太郎は赤子を乳母車に乗せた母親に付き従って畑へ出かけた。畑は在所から離れた人気《ひとけ》のない場所である。二人で枝豆を五株ほど引き抜いた。由紀は節子を背にすると、乳母車の中へ枝豆の株を入れた。母親の素早さに、太郎も人目を憚《はばか》るような疚《やま》しさを感じた。

母親は、義母や義兄の冷淡になじめず、その世話にはなりたくないが、茹でた枝豆を笊《ざる》に盛れば子どもたちが喜ぶだろう姿に勝てなかった。子供たちの食の為なら強くなれた。

六　蛍狩り

近くの渓流に蛍が出ると聞いたので、兄弟で出かけることになった。姉も妹も行きたいという。姉ちゃんは浴衣《ゆかた》を着て帯を結んだ。芳子は寝間着浴衣に赤い布帯《ぬのおび》を蝶結《ちょうむす》びにしてもらって喜んだ。転ばないようにと出した草履《ぞうり》を拒《こば》んだ。

「姉ちゃんのように下駄が履きたい」

母親が赤い鼻緒の下駄を出してやったら、喜んで小躍りした。太郎と正志はいつもの半ズボンと白いシャツを着て下駄を履《は》いた。

田舎町では、映画館も芝居小屋もないし、縁日の夜店もない。打ち上げ花火が上がる気配《けはい》もない。もっとも名古屋でも最近は芝居の興行やサーカスや相撲の巡業も中止となっていた。線香花火など子ども花火も店に出ない。母親は、田舎の蛍狩りぐらいは楽しませてやりたいと思った。幼い芳子をつけるのは心配であったが、和子には芳子をしっかり見守るように頼んだ。

正志は虫かごを、太郎は竹箒《たけほうき》を持ち、姉ちゃんは懐中電灯を持った。

夕暮れの山の端に三日月が出た。

♪ほうほうホタルこい
あっちの水は苦いぞ
こっちの水は甘いぞ
姉ちゃんに手を引かれながら芳子も姉と歌いながら歩いた。

一キロほど川をさかのぼると、支流に懸る橋のあたりに人影がいくつか動いている。歓声が聞こえると、四人の足取りは早くなる。

細い渓流の向こう岸の茂みに蛍は光り、動き始めている。闇が深まるにしたがって蛍は数を増し、こちら岸にも飛んでくる。

「あっ！　蛍、こっちにも」

いちいち歓声を上げていた芳子も、蛍が川面まで照らすようになると、声を失って見とれる。正志や芳子には初めての光舞う夜の饗宴《きょうえん》である。正志は、持ってきた虫かごに蛍を早く入れたかった。

「兄ちゃんの竹箒貸してくれない？」

正志が竹箒を持って蛍を追い、捕獲して虫かごに入れると、太郎も替わって竹箒を振った。二人は交互に蛍を捕らえ、虫かごを満たした。

姉ちゃんが、

「ほら！　ここにとまった！」

芳子の肩の蛍を手で捕まえた。両手の指のすきまから漏れる灯りを芳子に見せると、芳子は自分の手に移してくれとせがむ。

「ヨッコには無理、蛍が逃げちゃうからね」

言い聞かせ、正志の虫かごに入れた。

「ヨッコも捕《つか》まえたい、あそこの草にとまっているよ」

分別のない芳子からは目を離せない。芳子は水際に足を向けた。

「あっ！　ダメダメ」

姉ちゃんが声を大きくした。太郎は、竹箒を捨てて、芳子の方に走った。水中の石に足を乗せた芳子は足を滑らせてよろけた。太郎が素早く芳子を抱き留めた。人を流すほどの水量はないが、

「危ないから、川の石に乗るんじゃないの。正志も気を付けてよ」

ほっとした姉が、きつく注意する。怪我でもさせたら母親からの信頼を裏切ることになる。姉ちゃんが責任を感じていることは太郎にも分かっている。

「えーん、えーん」

芳子が泣き出した。片方の下駄が芳子の足にはなかった。皆で草場や川石の辺りを探したが見当たらない。流されたらしい。懐中電灯で照らした。光の及ばない先は真っ暗である。周りの人たちも一緒になって探してくれたが見つからない。母親からは早く帰るようにと言い聞かされている。

正志の虫かごには蛍は十分だ。太郎は正志に、

「寝るときに、蛍を蚊帳《かや》に放して遊ぼう」

と呼びかける。

「うん、蚊帳を吊って寝ようね。電気を消しても明るいよね」

正志は早く家に帰りたそうである。

帰路、下駄のない芳子を裸足で歩かせるわけにはいかない。太郎は姉ちゃんと相談した。太郎の下駄を正志が履く。正志の下駄を芳子が履くことにした。太郎は裸足《はだし》に慣れている。

しばらく歩くと、

「歩けない、こんな下駄では歩けない」

芳子は脚を止めて泣き出した。お気に入りの下駄をなくして、機嫌が悪い。太郎は、竹箒を姉ちゃんに渡し、自分の下駄に履き戻して言った。

「ヨッコは疲れたんだよ、僕が背負うよ。僕が疲れたら姉ちゃんが変わってね」

太郎がしゃがむと芳子は泣き止んで背におぶさった。

「やっぱり負ぶってもらいたかったんだね、ヨッコさん」

太郎は可愛いものだと思った。しかし、重い。足を止め、休んではまた背負った。家路の半ばまではと思ったが百メートルも歩いたら息が切れた。

太郎は、幼時、名古屋港の花火大会に出かけ、父親の肩車に乗って見物した時のことを思い出していた。人混みの橋の欄干から太郎は下駄の片方を落とした。川に落ちたものと諦めていたら、その下駄が橋の上の太郎に戻ったことがある。思ってもみない奇跡として記憶に残っている。こんな時に父親が居て芳子を背負ったらどんなに芳子は安心するだろうと思った。

太郎は、体力の限界を感じて、和子と交代してもらった。和子は赤子の芳子を負《お》ぶって守《も》りをしたことがある。久しぶりに背負ってみると、芳子の荷重は別人のものである。随分重くなっている。

「ヨッコは重い、重い、重ーい」

と歌うように言いながら、後ろ手に組んで芳子を揺すった。

やがて、

♪蛍の宿は　川ばた楊《やなぎ》
　楊おぼろに　夕やみ寄せて
　川の目高《めだか》が　夢みる頃は

ホホほたるが　灯をともす

と歌って歩いた。正志も芳子も歌った。芳子は歌うことが上手いと平素皆から褒められる。姉ちゃんは唱歌が好きで、家でもよく歌ったから、兄弟はそれを聞いて自然に歌を覚えた。

芳子の声がいつの間にか消え、背中で眠ってしまった。

子どもたちの帰りを待ちかねて、母親は節子を背に、家近くの橋のたもとで待っていた。

「おお、おお、重かったでしょう。えっ？　太郎も背負ったの？　偉いねえ」

母親が芳子を姉ちゃんの背からもらい受けようとすると、姉ちゃんは、

「大丈夫、家までは大丈夫。起こさないでこのままそっと寝かせた方がいいよ」

と、頑張りを見せた。

芳子の下駄が流されたいきさつを聞いた由紀は、

「下駄でよかった！　ヨッコが流されなくてよかったね」

と大げさに言って、太郎と和子に顔を向けてほほ笑んだ。浅い小さな渓流に芳子が転倒したとしても、せいぜい全身を濡らすぐらいのことだ。蛍狩りの場所は危険なところではないことは分かっている。二人が協力して由紀の不在を補って帰ってきたことに熱いものを感じた。

太郎は、下駄よりも芳子を大事と言ってくれた母親の言葉にねぎらいを感じ、母親の心に自分たちが沿い得たようで、誇らしかった。川風が爽やかに吹いた。

七　悲惨な夏

太郎の夏は悲惨であった。夏休みになると川遊びをした。太郎は姉についてちょんぼりと呼ぶ小田川の淵へ出かけた。川幅が広くなって流れが緩やかな水中に大きな岩があり、子供も大人もその岩を拠点に泳ぎを楽しんでいる。知り合いの青年がその岩まで太郎を背に乗せて運んでくれた。

「流されるから、勝手に水に入らないでね」

姉ちゃんは、そう言いおいて泳ぎ出した。子供たちは、泳げる者も犬かきも岩から少し離れてはその岩に戻る。太郎は岩の上に座って見ているだけではつまらない。犬かきなら自分でもできそうだと思った。岩から手を離して、流れに逆行して犬かきした。岩に戻ろうとしたが、他の人が邪魔をしていたのでそのわきへ出ようとしたら流れに乗ってしまった。緩いとはいえ流れに逆らえず、岩から遠ざかる。岩に戻った姉が太郎のいないのに気づいて、見回すと、太郎が、浮いたり沈んだりしながらもがいている。岩から五メートルほど流されている。

「助けてー、おーい、だれか助けてー、弟が溺れる、助けてー」

声を限りの黄色い叫びに、近くを泳いでいた青年たちが気づいて、太郎をつかんで岩に連れ戻してくれた。

家に帰って、姉は母親に報告した。聞いた母親は安堵《あんど》を後に回して、

「溺れて死んだらどうするんだ」と叱った。

「私は怖くなって、必死で叫んだの」

「本当にタロの無鉄砲には困る。大事な太郎なんだよ。怖いもの知らずで困ったものだよ。この子は！」と、母親は叱った。

「タロは幼稚園の火の見櫓《やぐら》に上って怖くなり、園長さんが上って助けたことがある。今日も、ひとりで水に入るなと言ったのに溺れかけたよね。馬鹿だ、タロは！」

姉ちゃんは、言いつけを守らなかった太郎に腹を立てて、昔の失敗まで持ち出した。太郎はしょげた。

無鉄砲な太郎は懲りずにまた大きな失態を演じた。夏休み、開墾と称して山の雑木を払う作業に小学三年生まで駆り出された。

『お山の杉の子』という歌を歌いながら山道を歩いた。

♪昔　昔の　その昔
椎《しい》の木林の　すぐそばに
小さなお山が　あったとさ　あったとさ
丸々坊主の　はげやまは
いつでもみんなの　笑いもの
「これこれ杉の子　起きなさい」
お日さま　にこにこ　声かけた　声かけた

♪こんなちび助　なんになる
びっくり仰天　杉の子は
思わずおくびを　ひっこめた　ひっこめた
ひっこめながらも　考えた
なんの負けるか　いまにみろ
大きくなったら　国のため
お役に立って　見せまする　見せまする

父を戦地で亡くした子を杉の子に見立てて励ます歌である。少国民に愛国心を培おうとする歌でもあった。

米英からの禁輸経済封鎖で石油が乏しいので、松根油《しょうこんゆ》を飛行機の燃料にしようとしたし、バスは木炭で走らせた。物も人も欠乏し、都市では軍需工場に学徒勤労動員、山村では農業はもちろん、開墾動員が少年にまで課された。高等科の生徒が切り出し、掘り出した根株を下級生は分に応じて運んだりするのである。国民学校六年修了者で中学校（旧制中学）へ進まない者には二年修了の高等科が設けられていた。高等科生徒が先導して、山へ開墾に出かけたのである。五年生や六年生なら役にも立つが、三・四年生は打ち払った枝運びぐらいしかできない。

しかし、太郎たちは遠足気分であった。帰り道は仲良しの博《ひろし》と駄洒落《だじゃれ》を交わしながら上級生に従って山を下った。皆は暑い暑いと言ってシャツを脱いで裸になった。太郎が、

「体の皮も脱ぎたいよ」

と言うと、博が、

「蝉みたいだ」

と言ったので、皆が笑った。

宇戸川に降りて川辺で休憩した。五間ほどの川幅だが、石組みの堰《せき》から水が落ちるところはコバルトブルーの深い淵となっている。上級生から順に裸になって、パンツのままやら、ふりちんやらで石組段の上からその淵に飛び込みだした。太郎は、まずいことになったと思った。四年生も三年生もそれに続く。同級の正樹《まさき》が、

「太郎！　飛び込め」

と促す。

太郎は以前、正樹に、

「都会ではプールがあって、皆はそこで泳ぐ」と話したことがある。

それは、都会にはプールがあると自慢したのであるが、太郎も泳ぎができるかのように聞き取れる話し方になった。引き下がるわけにはいかない。

飛び込めば勢いで幅三間ほどの淵を越えて浅瀬に届くだろうと、太郎は思った。太郎は勢いをつけて石組み段から飛び込んだ。ところが、いくらあがいても浅瀬に向かえないし浮き上がらない。焦る。碧い水の中を泡ばかりが甲斐なく浮き上がる。息苦しくなり、水を飲んでしまう。

高等科二年生の宇佐美《うさみ》さんが飛び込んで引き上げてくれた。砂場に水を吐いて横たわった。正樹に対して面目を失った。

母親にも姉にもそのことは話さなかった。しかし数日後に由紀の知るところとなり、太郎の向こう見ずは由紀を嘆かせた。由紀は養鶏農家で卵を分けてもらい、謝金袋を用意した。

節子を和子に預け、太郎・正志・芳子を連れて宇佐美さん宅を訪ねた。子どもたちと一緒に歩ける機会である。看板の字を尋ねられれば教えてもやれる。

「助けて下さってありがとうございました」

教えられた言葉づかいで太郎がたどたどしく挨拶した。

すると、芳子が真似て、「助けてくれてありがとう」と言った。

正志はあわてて、

「兄ちゃんを助けてくれてありがとうございました」

と追唱した。ことがらを聞き知っていた二人はむしろ太郎よりも自然に感謝のことばが口に出た。

宇佐美さんのお母さんは、

「あらまあ、かわいい皆さんりっぱにごあいさつ！」

と、正志の手をとり、芳子の頭に手を置いて迎えた。

宇佐美兄さんは、

「度胸がある。気に入ったよ。泳げないのによくも飛び込んだなあ。勇気を出して飛び込んだんだ。浮き上がれなくて、口惜しかったじゃろう？」

「はい」

気持ちをぴたりと言ってくれたようで、太郎の緊張は解けた。

宇佐美さんのお母さんは、由紀にはまだ家に留守番の長女と乳児がいることを聞いて、

「太郎さんらのようなええ子が死んでしもうたら一番悲しむのはお母さんなんよ。太郎さんら大勢の兄弟の命を空襲から守るために遠い田舎へ疎開したんじゃけえ」と言った。

宇佐美兄さんは、

「ちょっとぐれえの水を飲んでも死にゃあせん。浅いところで顔を水につけて練習すりゃあすぐに泳がれるんよ。太郎君は勇気のある子じゃけえ（だから）できる。いつか、教えてあげように」と、太郎の頭を撫《な》でた。

太郎を見かけない疎開者だということで、宇佐美兄さんは心配だから注意して看《み》ていたと言う。由紀は、

「太郎、よかったね。立派なお兄さんですね。本当にありがとうございました」

と礼を言った。宇佐美さんのお母さんが、

「息子はそんなことがあったとはひと言も言いよらんかった。上級生じゃけえあたりまえ、わざわざご丁寧なご挨拶はおそれえいります。太郎さん、じょうずにご挨拶できてえらいね。西瓜は好きじゃろうか？」と聞くと、

「はい、大好き！」芳子が真っ先に大声で答えた。

宇佐美のおばさんは、金封は固辞し、我が家で採れた西瓜だと言って大きな一つを藁編み袋に入れて下さった。

由紀は、太郎たちを連れて来てよかったと思った。お礼の挨拶からご縁が広がることもある。宇佐美さんとのやり取りで太郎も大切なことをいくつか学んだ筈だと思った。由紀は、自分の母親から、「感謝の気持ちは相手に伝わるように表せ、そのご縁がいつか良いご縁を

呼ぶかもしれない。挨拶ができないと運も失うことになる」とも、「感謝はすぐに機会を見つけて伝えよ。そうすれば、自分も相手もうれしい気持ちになれる」とも聞かされてきた。子どもたちには機会ある度に見聞《けんぶん》を広げさせてやりたかった。感じの良いご家族にご縁ができたことが嬉しかった。子どもたちの大好物の西瓜をいただいた。由紀は西瓜を太郎に提げさせて宇佐美さん宅を出た。

「母ちゃん重いよ」

道の途中で西瓜を降ろして一休みする太郎に、由紀は、

「命の重さだよ。落とさないようにしっかり持つんだね」

冗談のような思い付きが口に出たが、太郎はこの謎めいた言葉をどう解釈するだろう。由紀は芳子の手をひいてさっさと先を歩いたが、ふと太郎の頭から、砕けた西瓜のように脳漿《のうしょう》が飛び出す様を思い浮かべた。不吉な連想にぞっとして、それを慌《あわ》てて打ち払った。

今回の件は他から耳に入らなければ、闇に葬られた話だ。太郎が報告しない恐ろしい体験は由紀の目に届かないところでいくつもあるだろう。無鉄砲をこれからも繰り返すだろう。

一方、太郎は、「命の重さ」って聞いたこともない言葉だと思った。命を惜しまず国を守るという勇ましい文句が飛び交い、

♪男なら　男なら　未練残すな　浮世のことに　花は散り際
男は度胸　命投げ出しゃ　怖くない　男なら　やってみな

がヒットして流れる時代である。同じ失敗をするわけはないが、これから先何をどうすりゃあいいのか太郎には皆目見当もつかない。「命の重さ」は戦時では世になじまない言葉である。

由紀は、三歳ぐらいの太郎が、親の留守に親の財布から盗みをした時のことを思い出した。太郎を駄菓子屋に引き連れて行き、店主から太郎の購入事実を確認した。金銭を盗るということの罪の重さを思い知らせようと敢えて行ったことである。いつもは親と一緒でしか来ない幼児が、五銭や十銭ではなくて、突如五十銭札を二枚も握ってひとりで駄菓子屋へ来たことを、店主は不審に思わなかったのだろうかと、店主のうすのろに腹が立った。

店から出ようとした時、キキーと自転車ブレーキが鳴ると同時に、

「このばかたれ！　急にとびだして！」

男の罵声《ばせい》がした。すんでのところで太郎は自転車にぶつけられるところであった。母親は太郎が転んだだけで怪我の無かったことにほっとしながら、不機嫌が爆発した。

「ばかたれはそっちのことだよ！　子どもを見たら注意するのが大人だろう！」

逆に男を叱り飛ばした。太郎は、この場面で母親の人が変わる強さに唖然《あぜん》としてその異形《いぎょう》を見た。すでに六年前の話である。太郎には終生忘れられない母親の強さである。

宇佐美さんのようなご家族もあれば、心得違いな大人もいる。子どもがいつも守られていると思ったら危ない。子どもを襲う危険、子ども自ら招く危険はこれからも後を絶たないだ

ろう。子どもたちに寄り添って見守るわけにはいかない。機会がある度に言って聞かせはするが、子ども自身の生き抜く力と天運に任せるしかなかろう。由紀の祈る思いである。

数日後、太郎は母親から託された数個の石鹸を持って、宇佐美さんのお母さんに届けた。宇佐美さんから泳ぎ指導のお誘いを受けていた。大きな岩石で囲まれた流れの緩やかなところに来た。正志も一緒だった。宇佐美兄さんによる水泳指導が始まった。

「腰の高さの水じゃ溺れることはねえ。息を大きく吸って水に顔をつけて浮いてみ（ごらん）」

「苦しくなったら少しずつ息を吐いて。吐き終わったら顔を上げて立ちゃあええ」

「僕の両手につかまって脚をばたばたしよう。膝を伸ばすとええ。足首も伸ばして」

「僕が手を離すけえ、腕を伸ばして顔をつけたままばたばたやりやあ（やりなさい）」

「僕のところまで脚ばたで来てみ。顔をつけたままで」

「ほら、泳げたじゃないか。三メートルが四メートル五メートルになれば、あそこで溺れなくてすんだんじゃ」

太郎も正志もやがて金槌《かなづち》から脱することになる。

＊

太郎は、成せば成ってきた自信があるから挑《いど》むのである。全くの無謀《むぼう》でもない。岩から川上に向かって泳げば、元の岩に自然に戻れると敢行《かんこう》した。しかし、戻るべき位置に人が居て、仕方なく脇に出たら流されたのだ。

高等科のお兄さんが居なかったら飛び込みはしない。山仕事をしたリーダーが見ていることの安心感でもあった。それに、水中を手でかいて淵の向こうへ出さえすれば浅瀬へ出られる自信だってあったのだ。落ち込む水の真下に沈み込んでしまったからあわてた。自分なりに可能性はあると判断しての挑戦であった。

子どもの行動に危険はつきものである。挑まなければ、子どもの自立も成長も望めない。成功体験も、痛い失敗も積み重ねてこそ確かな発達となる。太郎の左人指し指に、小刀《こがたな》が滑って怪我をした痕がある。その痕を見ると工作したときの様子がよみがえる。子どもたちは筆箱に肥後守《ひごのかみ》二つ折り小刀《こがたな》を入れていた。鉛筆を削り、木工に使う。砥石《といし》で切れ味をよくすることもした。工作するに小刀で手傷を負ってみて小刀の扱い方を学ぶわけであるし、人に刃先を向けない作法を身につけるのである。太郎にこのような講釈ができるわけはないが、体でこのことを学んでいる。

＊

まったく思ってもみない災難はあるものである。

太郎は木の枝を切ってチャンバラごっこの剣《けん》を作った。柄《つか》にあたるところ以外の樹皮を肥後守小刀でそぎ落とした。その木が漆《うるし》だとは知らなかったので、全身がかぶれてしまった。手から始まった疱疹《ほうしん》が顔にも脚にも腹にも広がった。ちんちんの先の包皮まで痛痒《いたがゆ》い。身を横たえても床《とこ》や夜具に擦れると気持ちが悪い。うろたえたのは由紀である。医院や薬局を走り回ったが、かぶれにつける薬はないのである。沢蟹をすり潰した汁を塗れば効くと聞いて試みた。臭いし気持ちが悪くて続かない。太郎は体中かゆくてひりひりするから、素っ裸になって井戸の水を何度も浴びた。かぶれで火《ほ》照《て》った体には一番の手当と癒《いや》しである。大工の坂さんが栗の樹皮を取ってきてくれた。由紀がそれを煎《せん》じた液を塗ってくれた。蟹の汁よりはましだが、効き目があるとは思えない。

太郎の皮膚は過敏である。腸までも過敏である。六歳の頃柿を食べて糞づまりを起こして困った。行事の前になると喉を痛めたり下痢をした。正志は頬まで赤ぎれができても丈夫である。

酷暑で蒸す午前、由紀は夏休みをだらだらしている和子や正志を叱っていた。

「おやおや、鬼子母神《きしもじん》さん、髪振り乱して、お怒《いか》りですなあ」

小林の婆さんがいきなりやって来て声をかけた。由紀はあられもない姿を見られて、髪のほつれをかき上げた。同時に、婆さんと分かってほっとして、

「鬼子母神って何ですか?」

「夜叉《やしゃ》の娘よ。その女は大勢の子を産んだんよ。じゃがな、他人の赤子を食うてしまう恐ろしい女なんよ」

「何なのその話?」

「お釈迦様が鬼子母神の子どもを一人隠してしもうたんよ。鬼子母神が狂乱して探し悲しむ様子を見て、お釈迦様は子どもを返してくれたんじゃ。鬼子母神はどこの子の命も皆大事だと悟って、お釈迦様に帰依《きえ》して、安産と子育《こやす》の神となったんよ。だから、鬼子母神さまの門《もん》札《さつ》の鬼の字には、角《つの》がないのよ」

「小林さんの物知りには、『恐れ入谷《いりや》の鬼子母神』ですね」

「その調子！　ふざけ心が大事なんよ。神経質はおえん（だめだ）。思い通りにならんのは子育てなんじゃからのう」

「見てください、鬼子母神の私はタロのかぶれで狂乱です」

小林婆さんは盥の中で頭から水を浴びている太郎を見て、

「おうおう、タロちゃんは水垢離《ごり》修行ですな。たいていのかぶれは、かきむしったりしなけりゃあ自然に治るんよ」と、声をかけた。

由紀はうろたえても仕方がないと覚悟した。婆さんは、

「善財《ぜんざい》坊やのタロちゃんは、これからもいろんな修行を積むんじゃのう」と言った。

善財童子とは文殊菩薩の案内を受け、様々な善知識から教えを得ながら旅をして、最後に普賢《ふげん》菩薩のところで悟りを開くという菩薩行《ぎょう》の模範である。婆さんは、観音巡りの寺で聞いた仏法説話を由紀に伝えた。

ついでに婆さんは、

「江戸から京へ向かう東海道の宿駅を五十三次としたのは、善財童子が五十三人の善知識を巡礼したことに因《ちな》んでいるという説もあるんや」と付け足した。

由紀は、

「弥次喜多珍道中と善財の旅とは月とすっぽんの違いですね」と笑った。

裏庭に咲くひまわりが笑うようにして見ていた。

結局は医者にもかからず、それから数日で痛痒《つうよう》も治まった。

八　終戦

その日はやたらと晴れて暑かった。太郎はギンヤンマを追いかけるのに夢中になって、昼過ぎて家に帰った。外は炎天に静まり返り、道行く人も居ない。家には母親も兄弟も居なかった。世界はハイキーな画像を見るような乾いた空気に覆われている。太郎はひとりこの空気の森閑に放り出されたように感じた。

前日のラジオで「十五日正午より重大放送あり、全国民は皆謹んで聞くように」という旨の報道があったので、由紀は子ども達を連れて川向こうの安倍さん宅のラジオ放送を聞きに出かけていた。国民は天皇陛下の玉音で終戦を知らされた。雑音交じりの、しかも難解な漢語の多い詔書《しょうしょ》は大人たちにも理解し難かったようだ。周囲の人たちの雰囲気で事情を把握した人がほとんどであった。

皆が家に戻ると遅い昼ご飯となった。芳子が、

「母ちゃん、隣のおばちゃんはラジオ聞いて泣いていたよ。どうして?」

気抜けして茫然の母親は黙っていた。正志が声を大きくして、

「戦争に負けちゃったの?」

と聞くが、母親は放心したようで答えない。姉の和子が、

「負けるわけがない! 神州不滅、鬼畜米英には必ず勝つ!」

聞いてきた通りを勢い込んで言う。太郎も、

「日本は負けない! 日本の兵隊さんは強いんだ! 神風が吹くんだ」と力《りき》んだ。

太郎は空襲で怖い思いをしたけれども、自分の家が焼失したわけでもないし、家族を失ったわけでもない。空襲は地震と同じ災難であり、こういうこともあるものかという思いである。太郎には負けるという想定はない。おぼろにあるのは反撃勝利である。

絶望的な戦況であったが、田舎に来て五か月も暮らしていると、空襲があるわけではないので、崖《がけ》っぷちの実感は乏しい。広島での原爆の惨状は十分わかるようには伝わっていない。隣県とはいえ遠隔の地の惨事である。田舎では、一億玉砕《ぎょくさい》も辞《じ》さずとか、本土決戦で劣勢を挽回《ばんかい》できると信じて、どこまでも抗戦すべしと叫ぶ人もいる。

「安倍のおばちゃん、口惜《くや》しい口惜しいと言ってたよ」

正志は首をかしげて不審《ふしん》顔をする。幼い芳子が小声で、

「負けちゃったの? 母ちゃん!」

母親を気遣《きづか》うように顔を寄せる。我に返った母親は、

「だまってご飯を食べなさい」

と言うだけである。正志は、

「復讐するんだと、よその兄ちゃんが言ってたよ」と、母親を窺《うかが》う。

太郎は釈然としないので、

「母ちゃん、勝ったのか負けたのかどっちなの？」

と詰め寄る。

由紀は勝つわけがないと、言いたいが、子どもを裏切るようでそうは言えない。聖戦だとか、「撃《う》ちてし止まん！」とか教え込まれた子供たちを、どう納得《なっとく》させたらいいのか窮《きゅう》した。一緒にラジオを聞いた町内の人たちでさえ受け止め方が様々である。由紀は躊躇《ちゅうちょ》の後、

「どっちでもいいの。戦争は終わったの。黙って食べなさい」

気を取り直して深く息を吐いた。

太郎は、母親のぎこちない返答から本当のところを察した。母親の眼に一瞬涙の光るのを見て黙った。すっきりしない重い気分でご飯をかき込んだ。

「じゃあ、もうじきお父ちゃんのいる名古屋へ帰れるね」

無邪気な芳子の言葉に皆は救われる。

「おうちは焼けなかったから大丈夫、早く帰りたいね」

由紀は芳子を抱きすくめた。由紀は抱きしめに思いがけなく力がこもってしまったことに自身驚いた。

由紀には、勝利はありえないと分かってはいたが、気が抜けて茫然《ぼうぜん》である。同時に、幼い家族を守り抜けた安堵《あんど》に目頭が熱くなった。ラジオでいきなり事ここに至ったことを知った町内には敗戦をひたすら口惜しがる人も居る。空襲の恐怖を目《ま》の当たりにして疎開した由紀には拍子《ひょうし》抜けのような衝撃ではあるが、覚悟はできていた。口惜しいのは当たり前だ。町内の人たちから、終戦を歓迎する非国民とか不埒《フラチ》と思われないように、安堵《あんど》の内心を包み隠して家に帰ったのだ。

芳子は嬉しくなって、

「帰ったらてん毬《まり》と人形買ってくれる?」

正志は、

「僕、戦車のおもちゃ！　ねじ巻くと火花が出て動くやつ！」

太郎はふてくされたように、

「戦車はもうないよ。戦争は終わったんだとよ」と、ご飯をかき込んだ。

「マサちゃんにはお父ちゃんがもっと良いものを買ってくれるよ」

しょげる正志を和子はなだめる。

＊

由紀は戦況から見て終戦は遅すぎると思っていた。新聞やラジオは詳しく伝えないが、三月十日の東京大空襲で一夜にして桁違いに多くの人が殺された。その二日後の名古屋大空襲を体験している。市街地への無差別空襲で、自分の家の周りに多くの焼夷弾が降《ふ》り、家の前の道路にナパーム性油脂焼夷爆弾が炸裂した。その油が火の玉となって飛び散った。隣家の瓦屋根の上で油がメラメラ燃えた。屋根の火が照明となって攻撃目標にされるのを恐れて、夫の義之は屋根に上り、モップで叩き消した。

灯火管制の中で、自宅の雨戸の隙間から灯りが漏れて、町内会長にすごい剣幕《けんまく》で怒鳴り込まれたことがあった。町内の防空訓練を指揮する町内会長のM氏は町内から怖がられ、疎《うと》んじられていた。屋根の上をローラーを転がすようなB29の轟音《ごうおん》のすさまじさに身の縮む思いがした。学校の行き来には必ず、防空頭巾を肩にかけ、用水路に沿う道を歩いた。艦載機の機銃掃射を受けたら用水に飛び込むか、橋の下に隠れよと、教えられた。

空襲は夜間が多い。ラジオから、

―東海軍管区情報発令、ただいま敵機は潮岬《しおのみさき》南方洋上を北北西に進路を変え、東海地方に進む模様―

が放送されると、次の放送をおびえながら待つことになる。

―東海軍管区情報発令、間もなく敵機編隊は名古屋地域に進む模様。名古屋方面、警戒警報発令―

が流される。すると間もなく、空襲警報が発令されて、町中に、

「ウウーウウー、ウウーウウー、ウウーウウーウウー………」

空襲警報のサイレンがこれ以上ない気味の悪い音響で避難を急き立てる。

太郎たちは寝込みを起こされて、がたがた寒さに震えながら防空頭巾を被り防空壕へ走る。

太郎の町から半道ほど西に高射砲陣地があった。夜間爆撃に対する防空手段としてサーチライト（照空灯）が地上からB29爆撃機を照らし出す。サーチライトの光の柱が交錯して敵機を追う。サーチライトは数か所の広い地域から幾條も発して敵機で焦点を結ぶ。それを高射砲で狙い撃つ。砲撃の音が遠くの花火のように聞こえる。映し出された機影に飛行士さえ見えそうなのに高射砲の弾はその下方で炸裂する。弾が届かない。反対に敵機から高射砲めがけて機銃反撃してくる。機銃弾の光が点点とサーチライトの條《すじ》の中を下って光る。焼夷弾の束は空中で花火のようにばらばらと散って降ってくる。迎撃の日本軍戦闘機の姿はいつの間にか消えている。照らし出されるB29を中心として繰り広げられる景観は幻想的な見ものでさえある。敵機から焼夷弾が落とされても敵機の位置が遠いと分かれば、太郎は夜空の花火を見るように防空壕の土覆いの上に登ってそれを見た。

一九四四年昭和十九年十二月の東南海地震で中京圏の軍需工場は甚大な被害を受けた。関東大震災後では最も被害の大きな地震であった。翌二十年一月には三河大地震があり、その余震が数日続いた。家の横にあったコンクリートの防火貯水槽の水が大きな揺れで、右に左

に溢れかえった。空襲と地震の挟み撃ちの地獄であった。新聞は被害を軽いものと伝えた。国民の戦意を殺《そ》ぎ、利敵行為になることを恐れてか、新聞は天災でさえ被害を正しく報道しなかった。

はじめは敵が軍需工場・港湾や高射砲陣地を攻撃目標にしていたが、太郎の町の民家まで襲われるようになったのを見て、疎開を急いだ。

三月十六日に一家は名古屋を離脱した。その三日後に名古屋駅も空襲で大破し駅の周辺は焼け野原となったと知る。間一髪、胸をなでおろす思いであった。

東山動物園のライオンや熊は逃亡事故防止のため殺処分された。残された象たちの数頭はエサ不足でやせ細り餓死した。名古屋城天守閣も金の鯱とともに焼け落ちた。動物園も城も名古屋自慢と聞かされてきた太郎には悲しいニュースであった。

広島・長崎の原爆被害の報道も、東京大空襲と同様に、その規模は控《ひか》えて報道されたが、被害の甚大と不気味さは推測できた。広島では、草木も七十五年は生えないだろうとのうわさもある。

都市から離れたこの田舎町では、空襲警報のサイレンは鳴らない。女たちの防空頭巾・モンペ姿での隣組の消火訓練バケツリレーも、鉢巻姿での、藁人形を敵兵に見立てて突く竹槍訓練もない。

山と川の疎開地でふり返ると昨日の悪夢のように思われる。

由紀には勝ち目のない戦だと分かっていた。本土攻撃の終わる日をひたすら願って子供たちを守り暮らした。

＊

晴れるあてを知らぬ重い雲の下で暮らすような日々から解放されたいと思った。戦時下、一般の国民に「銃後の守り」とか「欲しがりません勝つまでは」と言われていたが、幼い五人を守るのに精一杯の由紀には衣食の耐乏生活が重くのしかかった。長いトンネルの道であった。しかし、出口だけはついに見えた。

大都市の電気・水道・交通は麻痺状態、食糧不足は田舎よりも甚大のようだから、当分は名古屋へ戻れそうもない。衣食に不自由な日々から解放されたいが、終戦で生活物資が出回ることは期待できない。夫は軍需工場などへ防空用品や日用品を納入する仕事をしてきた。取引き見本の防毒マスクなども家に置いてあった。その仕事はご用済みとなる。

早速に夫と対応策を話し合いたいが、夫の方も終戦対応に大変だろう。そのうちに夫から何か言って来るだろう、と由紀は思った。

ただ終わってほしかった。日本の歴史上、異民族に敗れた経験がない。占領軍によって、日本人はどんな仕打ちを受けるものやら分からない。敗戦が日本をどう変えるものか、見当がつかない。こういう事態の心の準備があるわけはない。夫には商売で調子の良い時に芸者にうつつをぬかした過去もある。不安はきりがない。この先どんな生活となるのか、見当もつかない。

由紀は当面の日々を不安と暗澹《あんたん》に巻き込まれて暮らしたくないと思った。由紀には分からないところで対米戦争の展開があり、生活と生命を脅かされた。この先も自分たちの力ではどうしようもない。自分たちはとるに足りない無力な存在としか思えない。なるようにしかならないだろうと、覚悟を決めた。やけくそでもいいから明るくぱっと気分転換したいと思った。

しかし、家族で出かけて楽しめる場所などどこにもない。由紀は、

「明後日《あさって》は、太郎の誕生日だね。お祝いに何か御馳走を作ろうか」

明るく子どもたちに呼びかけた。

「わーい、嬉しい！」

芳子が小躍りする。正志は、

「僕、おはぎが食べたーい。コロッケも」

と言うので、

「母ちゃん、砂糖あるの？」

姉ちゃんが心配する。砂糖の配給は途絶えている。子供たちが好んだ森永ミルクキャラメルやグリコ飴はとうの昔に姿を消した。子供のおやつは煎り大豆やそら豆、かき餅、芋切干し、さとうきびなどである。節子の誕生の時、夫が軍需工場から横流しの闇物資として手に

入れて届けた砂糖がある。砂糖は隠しておいた。甘いものに飢えている太郎たちに見つけられたら、舐《な》められて瞬く間に消えてしまう。

「父ちゃんが持ってきた砂糖があるから」

和子の耳にささやいた。

「私もおはぎ好きだわ。でも、タロの誕生日だよ、タロは何がいい？」

と姉が聞く。太郎は、

「僕、母ちゃんの五目飯を腹いっぱい食べたーい。おはぎも、コロッケも」

と、正志に目配せで同意を伝える。ニンジン・牛蒡《ごぼう》や油揚げを刻んで焚き込めば太郎の大好きな五目飯となる。いつもの麦飯とは違って白米で炊くと美味しいおこげが楽しめた。その時は、お菜が他に出ないから、太郎は茶碗《ちゃわん》山盛り四杯ぐらいはお代わりをする。

姉ちゃんが、

「私の誕生日は十月。その時もおはぎ作りたーい。母ちゃんの誕生日は？」

「もう五月に済んだよ」

四歳の芳子が、

「母ちゃんの誕生日お祝いできなかったね。かわいそう」と言った。

芳子は家族の中では一番猫を可愛がった。太郎のいたずらで花瓶を割って、罪を被《かぶ》った芳子が由紀に叱られて打たれようとした時に、物陰から飛び出した猫が由紀の足を引っかいて逃げたことがある。猫の出現で母親が苦笑して芳子を叱るのをやめたので、太郎の自責の念は軽減した。卑怯な太郎は、しばらくは芳子に優しくすることで償《つぐな》いをしようと思った。抗弁の言葉を紡《つむ》げない芳子二歳の話である。

芳子の右手の小指は大やけどのために手の平に癒着《ゆちゃく》していて五指が完全に開かない。由紀が庭に出て物干しをしていた時に、這い出し始めの芳子は火鉢の炭火に手を突っ込んで泣き叫んだのだった。由紀は皮膚科や外科医を渡り歩き手術などの手を尽くした。しかし、曲がった小指と手の平との癒着は残った。一歳未満で受けた手の奇形の悲しみは弱い者への思いやりを育てたようだ。由紀は芳子の優しさを感ずるたびに、不憫《ふびん》に思ってきた。

芳子の「かわいそう」の一語に感じた由紀は、

「いいの。母ちゃんはね、五月に可愛い宝物を頂いたのよ」

と笑った。正志が、

「何を貰ったの?」と聞くと、

「節ちゃんだよ、ほら可愛いでしょ。皆も嬉しいよね」

「ほんとだ! 裸になるとキューピーさんみたい!」と芳子が言う。

芳子は、母親や姉から習い覚えた節子のおしめ交換も手伝える。皆で横になっている節子を囲んだ。芳子が、乳児玩具のがらがらを振ると節子はそれを眼で追う。正志が「いない、いないバー」と顔を寄せると上げた両腕両脚をぴくぴく動かして笑う。太郎が節子の丸くて

太い脚を握って揺すると、

「ああ、ああ、くくっ、くくっ」

嬉しそうに可愛い声を出す。

「本当に節ちゃんは可愛い贈り物ね。母ちゃんはいくつになったの？」

和子が聞いた。

「さあ、いくつかな？」

と、言いながら由紀は改めて自分がもう来年は数《かぞ》えの四十歳になることを思った。若い頃は他人の歳を四十歳と聞くと婆さんに感じた。その歳に自分がさしかかっている。歳のことは考えたくない。ここは明るく振舞うべきである。

「お母ちゃんはまだ若いんだよ」と、子ども達に笑顔した。

するると、

「お母ちゃんきれい！」

芳子が突飛《とっぴ》な一句を発した。

そう言われてみると、太郎も今日の母親の笑顔にそれを感じていたが、口にしなかった。

太郎は以前に、家のアルバムで、可愛い幼児を抱いた若い頃の母親の画像を見ている。幼児は満一歳を過ぎてすぐに亡くなったと聞く初の子のようだ。一歳の誕生日に写真館で撮ったものらしい。太郎には見ることのできなかった若くて美しい母の姿であった。ひっつめた髪にうりざね顔の着物姿は今の母親と同じ人とは思えないぐらいだ。写真を見た時、太郎は恥じらいを感じた。一年生の時、濡れて帰る道で、傘をさしかけて送ってくれた綺麗な人に感じた恥じらいである。この美しい母が写真の可愛い盛りの子を亡くしたのだろう。この時の母はどんなに悲しんだろうかと可哀そうに思った。

母親がその魅力的な面影を覗かせる時があった。武田のおっさんを迎えた時だ。母親の快活な笑顔で太郎には周りがすべて明るく見えた。一瞬母親がまぶしく見える時があった。少年にはよくわからないまぶしさだ。細面は消えているが、子にとっては、機嫌の良い時の親のきれいな笑顔ほど嬉しいものはない。

「ほんとうだ、きれい！」

和子も芳子のひと言に賛同した。

由紀は今日のラジオ放送を聞きに出かける前に壁鏡《かべかがみ》に向かって身づくろいした。疎開家だから鏡台はない。玉音放送が正午にある。安倍さん宅のラジオを聞きに近所の人たちが集まるからと、髪を丁寧にアップに束ねてよそ行きの櫛で留めた。子どもから「お母ちゃんきれい」と言われて、日課と雑事に追われて見失いかけていた自身の生気《せいき》を呼び覚まされた。自分に残っている若さをいたわりたいと思った。自信と共に、子どもたちの姿が生き生きと映《うつ》る。

「明後日《あさって》は五目飯を作ろうね。おはぎはみんなで作ろうね」

と由紀は思い切り明るく言った。

思いがけない家族の団欒《だんらん》となった。楽しい行事を考えれば、敗戦のもやもやも吹き飛ぶ。混乱に巻き込まれて親子の団欒まで奪われてなるものか！　由紀は自分の肌に残る張りを保ったまま、この疎開地を早く抜け出したいと思った。由紀には、戦死した従兄の浩三《こうぞう》がいる。名古屋空襲で焼け出された義弟がいる。小林の婆さんは、ご主人に先立たれ、息子一人を戦地で亡くしている。自分たち家族は全員揃っている。家も焼かれなかった。親子は今ここに揃っている。ありがたい。鎮守《ちんじゅ》の森の方角に手を合わせた。

＊

読み物の乏しい中で、太郎は自分の三年生国語や修身の教科書を、授業に先立って読んでしまうと、姉の五年生用の国語教科書にまで手を伸ばした。大切な稲むらに火を放って津波から村人を救った五兵衛の話には感動した。豊田佐吉が工夫を凝らして世界一の自動織機を発明した話も記憶に残った。乃木大将と敵将・ステッセルとの水師営の会見では、勝っておごらない乃木大将の姿があった。それは、敵将の勲功と名誉を大切にせよという明治天皇のお下命と知り、日本人の武士道精神に誇りを感じた。

三年生や五年生修身の教科書を見ただけでも偉人の挿話が多い。三年生教科書には、種痘のジェンナー、二宮金次郎、多聞丸（楠木正成幼名）、円山応挙などが、五年生では勝海舟や間宮林蔵などが登場するが、「農夫作兵衛」というような篤農家や「瓜生岩子」というような孤児《みなしご》養育院に奉仕した女性なども現われる。短い読み物だが面白い。人物を敬愛するところから、生き方の手本を知り、時代背景にも関心を持つようになる。

国語の教科書も面白い。「天の岩戸」「八岐《やまた》の大蛇《おろち》」「少彦名命《すくなひこなのみこと》」などの神話を三年生向けの文章にして学童を楽しませる。ジャンルは科学的な分野から生活文化的な分野にもわたり多彩である。「月と雲」では、動くのは雲か月かという疑問を、木の枝越しに月を見て判断するという記述で、太郎はなるほどと合点した。

昭和十六年に小学校令が改正され、尋常小学校から国民学校となり、昭和十八年には教科書も変わったが、軍国教育教材ばかりという感じはなく、分野は多彩で読み物として楽しかった。

興味のわく授業でなければ心はいつも放課後の遊びや下校後の楽しみに向かっていた。菅谷先生はお話上手であった。児童にせがまれると、教科書を脇に置いてお話をしてくれた。

菅谷先生が話してくれた『蟹の恩返し』（蟹満寺縁起）の怖く気味の悪い昔ばなしは、夜の小便に立つ時には思い出したくなかった。先生が臨場感豊かに新美南吉の『ごんぎつね』を読んでくれた時は泣いた。『赤い蝋燭《ろうそく》と人魚』は、話の途中から聞きたくなくなった。欲に目がくらんだ夫婦が人魚を人買いに売り渡してしまうなんて、嫌な話だとついていけなかった。桃太郎・かぐや姫・一寸法師など、どの話でも優しいお爺さんとお婆さんである。

菅谷先生の授業は忘れても、印象深いお話をしてくれた時の、先生の坐り位置から表情まで、さらにその時の空気感まで蘇えるから不思議である。

敵機の夜間空襲もない。この田舎町では終戦を迎えても急に何かが眼に見えて変わることはない。眼に見えないところでは、働き手を徴兵で失っている家族もあったが、町内に焼け跡があるわけでもないし、山も川も空も何の違いも見せない。国破れて山河あり、山川や田畑はそれがどうしたと言わんばかりに泰然としている。この山間の星空は美しい。由紀は何ごとも無げに遊ぶ子どもたちの活気にあふれた声を遠くに聞くと、いいものだと癒《いや》される。

子供たちにはちょっとした空き地や仲間があれば遊ぶことには事欠かない。小さな子でも地面があれば地雷踏みゲームを楽しんだ。石けりケンパ遊びも楽しい。「水雷艦長」は鬼ごっこと戦争ごっこを合わせた流行《はや》りの遊びで、敵味方チームを組み興奮して走り回った。戦争ごっこもチャンバラも思い思いの棒切れをふりまわして走ったが、怪我《けが》はなかった。負け方にも攻め方にも作法があった。過剰攻撃は許されなかった。

♪ぼんさん　ぼんさんどこ行くの　私は田んぼに稲刈りに　そんなら私もつれしゃんせ　お前が来ると邪魔になる　このかんかん坊主くそ坊主　後ろの正面だあれ

とか

♪勝ってうれしいはないちもんめ　負けて悔しいはないちもんめ

だったら芳子だって一緒に遊べる。「ヨッコさんが欲しい」とか「マサちゃんが欲しい」とか相手組から指名されると誇らしかった。年長児たちと手をつないでもらえれば、正志も芳子も仲間であることの喜びを全身に感じて時を忘れた。

♪かごめかごめ　籠の中の鳥はいついつ出やる……後ろの正面だーれ
♪通りゃんせ通りゃんせ　ここはどこの細道じゃ……

など、子ども遊びには男女、年齢を問わずに、わらべ歌を口ずさんで一緒に遊んだ。近所の子どもたちは日の暮れまで遊びに夢中になった。「ごはんだよー」と家族の声を聞いても簡単には遊びの輪から離れなかった。「おっとさんが呼んでも、おっかさんが呼んでも行きっこなーしよ」の調子で、仕方なしに、「いち抜けた」「二抜けた」と散って帰る。気がつけば空腹である。時を忘れて遊んだ後の夕飯は美味しかった。

雨が降って戸外へ出られなくても遊びには事欠かない。家の中では女の子の遊びが豊かである。お手玉、おはじき、あや取りなどを楽しんだ。姉ちゃんは歌をつけて遊んでくれる。

「♪一番初めは一宮　二は日光東照宮……」「♪せっせせせぱらりこせ　夏も近づく八十八夜……」

手遊びでも毬つきでもわらべ歌はつきものだ。太郎は、「♪まるちゃん　まるちゃん　丸木橋大山小山に　雨ざあざあ　あっという間にお姫様……」と絵描き歌を歌って正志や芳子に絵を描いて見せた。

九　台風浸水

朝から雨が断続的に降り続いた。夕方から風が強くなり、裏庭の楓の枝先が吹きちぎられて飛んだ。ラジオは台風の予報を流さないが、由紀は台風だと読んだ。裏の物干し竿を降ろしたり、戸締りを厳重にするぐらいのことしか打つ手はなかった。二階の雨戸が、がたがた音を激しくする。二階の天井から雨漏りが始まる。急いで洗面器を持ってきて水を受ける。次々と所を変えて天井からしずくが落ちる。和子は節子を背負って子守りをする。母親の指図で太郎は二階の押し入れの布団を下へ降ろす。正志はバケツや盥《たらい》を下から運んで雨漏りを受ける。鍋まで運び上げた。階段は上へ下へと混乱した。おろおろする芳子は、「邪魔だ、じゃまだ」と叱られた。子供たちは全部一階へ避難しておびえた。強風の唸《うな》りと一緒に家がきしんだ。ラジオの音が消えた。停電である。真っ暗闇となった。

一旦、風が収まってきたので、蝋燭《ろうそく》を灯《とも》してありあわせのもので夕飯とした。

「お母ちゃん、怖かった」

芳子が言うと、家の軋《きし》みが治まってほっとした正志は、

「家が吹き飛ばされそうだったね」と、怯《おび》え顔である。

「あのぐらいの風で家が飛ばされることはないよ」

由紀は子供たちの怯《おび》えを解いてやりたいと思った。左右に家が立ち並んでいたので、飛ばされる心配はないが、二階の雨戸を飛ばされたら怖いと思った。天井からの雨漏りは伏兵であった。

雨は止んだ。食事が終わると、太郎は、

「二階の押し入れは雨漏りしていなかったよ。布団を降ろすことはなかったね」と言う。

「布団を濡らしたら、大変だから……太郎ありがとう」

由紀が言うと。正志は、

「二階のたらいやバケツの水を下へ降ろそうか」と言う。

「まだ雨は降るかもしれない。激しく降ったらまた雨漏りがするよ」

和子は慎重である。

「でも、鍋やバケツを空にしておかないと、水があふれるから、僕、水を降ろす」

正志は二階へ上がった。役割を得て生き生きする正志である。今夜は言われただけをやっている正志ではない。後頭部の張り出した正志の特徴のある坊主頭が頼もしく動く。太郎は

正志の頭の形をからかって「仮分数《かぶんすう》」と囃《はや》すことがある。節子が生まれてからの正志はしっかりしてきたと由紀は感じていた。

「盥は持って降りられないから、太郎も二階へ行きなさい」

太郎はすぐに階段を駆け上がった。盥の水はバケツに移して二人で水を空にした。

「トントン」と、玄関の戸を叩く音がしたので、姉ちゃんは玄関の戸を開けた。

「大丈夫かねえ?」

隣の坂さんの奥さんが見舞ってくれたのだ。由紀が出てきて、

「ありがとう。二階の雨漏りで困りました。停電ですね。お宅はいかが?」と礼を言う。

「材木が濡れましたが、大丈夫です。いつか主人に屋根を見てもらいましょうね」

坂さんのご主人は大工だから頼りになる。

家の前を流れる川が形を変えているのに驚いた。太郎の家の玄関の前の川沿いに路が左右に延び、それに接して堤のない掘割の宇戸川がある。その水位が路面に届かんばかりの高さだ。川上から濁流が猛り狂って押し寄せる。呑まれたら命はない。宇戸川は太郎の家の半町ほど先で一級河川の小田川に合流する。この大河の増水圧力で細い宇戸川が押し戻されて氾濫する恐れもある。太郎の家は危険な位置にあるわけだ。

由紀は、節子に乳をのませると、節子を横にさせた。こういう時に添い寝をして寝かしつけるのは芳子である。和子と太郎で皆の布団を敷くと子供たちは横になった。由紀は、この

まま朝を迎えたいと願った。

夜半、

「和子、太郎起きなさい！」

「眠いよ、母ちゃん」

太郎は目をしょぼつかせる。

「水が！　家の中に水が！」

由紀は子供たちに声をかけながら、畳を上げようとしている。土間に水が入って、浮いた下駄が渦を巻いている。

「正志も、芳子も起きなさい！」

と言いながら、和子は節子を背負った。

「水が畳まで来たら大変！　まず、布団を押し入れへ入れなさい」

由紀の指示で、正志も芳子も布団をたたむ。太郎はそれを押し入れへ投げ込んだ。そして、畳を上げる母親を手伝う。座卓の上に畳を積み上げる。畳というものは重いものだ。

「母ちゃん、この水どこから来るの？」

姉ちゃんが聞く。太郎も不思議である。川があふれて家に入った水なら、水は玄関から入るはずである。ところが、奥の勝手場の方から流れてくる。

水位が畳に届く前に畳を上げ切ろうと必死になって手伝う。座卓に載せきれなくなった畳は壁に持たし掛けた。

蝋燭《ろうそく》の灯《あかり》で奥の勝手場を覗いた姉の声がした。

「分かったよ！　お勝手の土間から吹き上げている！」

母親は「やっぱりそうか」と思った。

台所や風呂などの雑排水は地下を通す管でそのまま川に流すのである。川の水位と水圧が上がって川の水が管を逆流したのである。雨は止んでも、上流からの水量がいきなり減るわけではない。上流域の降雨次第で、逆に増水することもある。大河の小田川の水圧で宇戸川の水が押し戻されることも考えられる。母親は勝手場を見て確認すると、

「家から川へ流す排水管を逆流して水が入って来るんだよ」

和子と太郎にその理屈が分かるように説明した。

一尺ぐらいの床下で浸水は止まった。雨は止んでいる。氾濫ではない。やがて、勝手場からの水の吹き出しは止まった。これ以上に水が入ることはなさそうだ。

間もなく、浸水の水位が急に半減した。小田川下流域で決壊などが起きて、目の前の宇戸川の通りがよくなったのかも知れない。

「畳上げやめー、全員休め！」

ほっとした由紀は元気よく号令を発した。

太郎が残っている畳の上に大の字になって横たわると、正志も芳子も真似をした。

「隊長！　二階のバケツを降ろすのであります」

むくっと起き上がった正志が兵隊口調で母親に言う。仮分数の頭が存在感を放って勇ましい。『のらくろ』という野良犬のクロが兵隊となって活躍する漫画があった。田河水泡《たがわすいほう》の人気漫画である。そこで交わされる軍隊口調をまねたのである。由紀は、それに合わせて、

「バケツ隊ご苦労であった。バケツは朝になったら片づけよ。全員布団を敷き直して朝まで休め！」

「了解。隊長！　早く寝たいが、おしっこをしたいのであります」

調子づいて正志が言うと、

「ヨッコもおしっこしたいのであります」

芳子の兵隊口調がたどたどしいので皆は笑った。

便所へは土間へ降りて浸水の中を通り抜けなければならない。脚を濡らすのは嫌だから、太郎は、一計を案じた。風雨は止んでいるので雨戸をあけて窓から直接表の道路に弟妹を導いた。腰板があるので、先に太郎が出て芳子の手をとって導き出した。三人が連れ立って道《みち》端《ばた》に放尿した。用を済ますと、太郎はぶるぶるっと身震いした。外は冷える。半月が雲間を走っていた。

濁流に流された大量の流木や木枝《きえだ》が橋に堰き止められ、欄干を覆って山積みとなっていた。

この台風は枕崎台風と命名されたが、新聞によると記録的な風雨被害であった。広島では二千人余の死者が出て、稲の冠水や河川の決壊があちこちで発生していた。

十　勇坊《いさぼん》（1）

変化は近在のあちこちに戦地から復員のあった家族の噂から始まった。英霊の遺骨を入れた白い包みを胸に抱いて歩く遺族の光景があった。太郎は日本が降伏したことをおいおい覚った。

八月末に予科練にいた森末亡人の三男の勇《いさむ》さんが復員してきた。

九月の初め、堤さんが、勇さんに在所の畑の南瓜《かぼちゃ》を持たせて太郎宅に来てくれた。由紀は、

「ようこそ！　いらっしゃい」と、明るく迎えた。

若者の訪問に家は明るくなる。子どもたちは満面の笑顔である。

「勇です。南瓜をお持ちしました」

「ありがとう。小さな子を抱えて、散らかしています。どうぞお上がり下さい」

「勇《いさ》ぼん、ちょっと上げさせてもらおうや」

堤さんが勇さんに呼びかける。遠慮を見せる勇さんに、太郎と正志は裸足で土間へ飛び出して、

「どうぞ、どうぞ」と、うれしいお客さんに早く帰られることを恐れて、声を合わせて、手を引いて招き上げた。

「お国の為にご苦労様でした。太郎も正志もこんなに大喜びです」

由紀が挨拶をしている間に、和子がお茶を運んできて、一緒に座った。

国民学校の茂先生の弟でもあるし、じゃが芋掘りで一緒になった森未亡人の三男と聞いていたから、家族はすぐに打ち解けた。眼鏡をかけた白面《はくめん》の茂先生とは違って、日焼けで健康的な親しみやすさがある。背丈は堤さんを凌ぎ、眼がきれいだ。この人が予科練の七つボタンの制服を着た姿はさぞきりりと格好が良かっただろうと、由紀は思った。最近では子どもたちは名古屋に住む従兄弟姉妹《いとこしまい》たちとの交流が絶えている。勇兄ちゃんの来訪は、太郎一家にとっては、とてつもなく大きな光を迎えた感じである。

由紀は堤さんから、予科練の話は出さない方がよいと聞かされていた。ひたすら、歓迎に徹して話した。由紀には幼いころから一緒に遊んだ従兄の浩三さんが居た。彼は兵隊検査が済むとすぐに召集され北支の戦場で帰らぬ人となった。十八歳ぐらいの浩三さんを見たのが最後であった。勇ぼんを見ると、その従兄が突如蘇って現れた如くに興奮を覚えた。

堤さんは、

「勇ぼんを、しばらく気ままにさせてやりたい。力仕事が要る時は使って下さい」

勇さんが、

「太郎君、正志君、これからは一緒に遊ぼう。おばさん、薪割りでも何でもします」

由紀は彼のはきはきとした物言いに育ちの良さを感じた。

森末亡人には末っ子の嬉しい帰還であった。ひたすら無事を祈って迎えた息子である。根は純真な明るい少年であったから、堤さんはこの甥を「勇坊《いさぼん》」と呼んで面倒を見てやっていた。堤さんが勇ぼんを太郎宅に紹介して以来、太郎は勇ぼんを兄のように慕って付きまとった。勇ぼんは太郎や正志に川釣りを教えてくれたり、竹馬を作ってくれたりした。

勇ぼんは時々自転車に乗ってきた。太郎はそれを借りて三角乗りをやって見せた。一年生のころから太郎はこれで町内を乗り回っていた。勇ぼんと太郎は正志に、三角乗りを教えた。フレームの三角に右脚を通して自転車を右に傾斜させながら、ペダル踏みの半回転を繰り返しては運転するのである。子ども用自転車を買えない家庭の子は自転車乗りをこれから始めた。サドルに座っては足がペダルに届かない子供はこの方法で器用に大人用自転車に乗った。

勇さんは子どもにはもったいないような樫《かし》の木刀をくれた。太郎には勇さんが居ることは、兄を得たようで、嬉しくて、友達に自慢した。勇さんは薪割りなどを気持ちよく引き受けてくれた。

太郎は勇ぼんの家について行ったことがある。森家は神戸からの疎開者であったが、立派な二階家を借りて住んでいた。家具のない広い二階の部屋に上がると、蓄音機が置いてあった。

「亡くなった父さんや兄さんたちが聴いたレコードだよ」

と勇は言い、ピアノ曲を聴かせてくれた。

「これは、ショパンだよ」

「聞いたことがある」

「ショパンのノクターンだよ。じゃあ、これも聞いたことがあるんじゃないかな」

勇さんはシューベルトのセレナーデをかけた。

「きれいな曲！　ラジオで聞いたような気がする」

太郎は落ち着いたこんな静かで優しい世界があるのだと、改めて思った。ピアノの小品であった。無意識に幼い耳がとらえたものでも良いものは残っている。美しい曲調になじむといつかどこかで聞いたことがあるような親近感を覚える。えも言えぬ美しい別世界へ心は誘われる。その良さが理屈抜きに直《じか》に伝わることは自分が天か神に選ばれて在《あ》るような気で満たされる。

勇ぼんは、長兄から聞いたことを思い出して、

「シューベルトは三十一歳で亡くなったんだよ」と言った。

「そんなに若かったのにこんなに良い曲を作ったんだね」と、太郎は驚いた。

「白鳥は死ぬ直前に最も美しく鳴くそうだ。シューベルト晩年の作だから、この曲を最も美しいという人もあるんだよ」と長兄からの受け売りを付け足した。

シューベルト最高の曲だと聞くと太郎はもう一度これを聴きたくなった。勇ぼんはそれに応《こた》えてレコード盤に針を落とした。

勇ぼんは目をつむって聞いているうちに涙を催した。若くして戦火に散って逝った人たちを思った。特攻で死を覚悟の先輩たちが、思いを寄せる人に美しく手記を残そうとした気持ちを偲んだ。太郎の鑑賞を邪魔しないように、勇ぼんは太郎にこの思いは話さなかった。

太郎は勇さんからベートーベンとかモーツァルトの名も聞いた。武田のおっさんの持っている流行の歌レコードとは趣が違っていた。

勇ぼんはハーモニカが上手であった。山歩きの途中に展望の丘でポケットからハーモニカを出して聞かせた。太郎がリクエストすると大抵の曲は吹いてくれた。『美しき天然』はサーカスでなじみのさすらいの哀感だ。歌うことで知っていた『荒城の月』は美しい伝統への郷愁のように心に沁みた。

太郎は武田のおっさんがくれたハーモニカを持ち出した。『荒城の月』を何としても吹きたいと思った。探り吹きの試行を重ねて、一通り吹けるようになると、母親の枕元でそれを聞いてもらった。由紀は勇ぼんからの感化力の大きさを思った。やる気を起こせば執念で出来てしまう子どもの能力に驚いた。

太郎は鞄の中にハーモニカをしのばせて、下校の途中一人になると歩きながら吹いた。時々、勇ぼんは学校帰りの太郎を待ち受けて、ハーモニカを教えてくれた。

ある日、展望の丘でハーモニカを吹き合った後で、勇ぼんがなじみの軍歌を歌い出した。

♪国を出てから　幾月ぞ
ともに死ぬ気で　この馬と
攻めて進んだ　山や河
執った手綱《たづな》に　血が通う

「知っているかい？『愛馬進軍歌』だよ」

「知っているよ。この歌好き！　もう少し続けて歌って！」と、せがむ。

♪昨日陥《お》とした　トーチカで
今日は仮寝《かりね》の　高鼾《いびき》
馬よぐっすり　眠れたか

明日の戦《いくさ》は　手強《てごわ》いぞ
弾丸《たま》の雨降る　濁流を
お前たよりに　乗り切って
つとめ果たした　あの時は
泣いてまぐさを　食わしたぞ

「そこ！　そこがいい。馬も兵隊といっしょになって頑張ったんだね。馬ってかわいいね」

「そうだね。馬は食糧や重い兵器・弾丸を背に載せて進軍したんだよ」

「可哀そうに！　馬も親や友達のいる牧場に帰りたいだろうね」

勇ぼんは、太郎の馬を思い遣る想像力に共感を覚え、

「馬の世話する兵隊さんが馬に餌をやったり、馬を洗ったりして可愛がるから馬は行軍に我慢するんだよ。兵隊が馬のしっぽを握っていれば、居眠りしても馬は兵を安全な道へ導いてくれるそうだよ。馬って人間の気持ちが分かるから、可愛いものらしいよ。人間と同じように熱を出したりすると冷やしてやるんだ。戦死する馬もたくさんいるんだよ」と言った。

すると、太郎は、

「僕、この歌を聞くと、兵隊さんも可哀そうだと思う」

♪ここはお国を何百里　離れて遠き満州の
　赤い夕陽に照らされて　友は野末《のずえ》の石の下

太郎が歌い出すと、勇ぼんは二番から一緒に歌った。

♪思えば悲し昨日まで　真っ先駆けて突進し
　敵を散々懲《こ》らしたる　勇士はここに眠れるか

ああ戦いの最中に　隣に居ったわが友の
にわかにはたと倒れしを　我は思わず駆け寄って
軍律厳しき中なれど　これが見捨てておかりょうか
「しっかりせよ」と抱き起し　仮包帯《かりほうたい》も弾丸《たま》の中
おりから起こる吶喊《とっかん》に　友はようよう顔上げて
「お国の為だ構《かま》わずに遅れてくれな」と眼に涙

太郎はこの先はうろ覚えでついていけない。歌詞の筋書きは知っている。勇ぼんが一人で歌い続けるのを聞いた。十四番まで続くこの軍歌『戦友』の途中で、太郎はいつも目頭が熱くなる。

♪思いも寄らぬ我一人　不思議に命永《なが》らえて
　赤い夕陽の満州に　友の墓穴掘ろうとは

ここまでくると、勇ぼんの声が潤《うる》んで消えた。太郎は、勇ぼんと心が一体になった気分で友情のような熱いものを感じた。

「この歌は、日露戦争で旅順の敵要塞《ようさい》を攻めおとした乃木大将率いる勇士の様子を歌ったものだろう。仲良しの戦友が突撃で敵弾に倒れたんだよね。突進しなければ軍規に違反するし、友を見捨てて進むことは出来ない、辛い場面だよね。乃木さんもこの戦争で自分の息子を二人失ったんだよ」

勇さんはそう説明した後で、

「帰ろう。タロのお母さんが心配する」

と、太郎の帰宅の遅れを心配した。

掃いたような鰯雲《いわしぐも》を夕陽が朱《あけ》に染めて美しい。太郎は背の高い勇ぼんの手をとると、勇ぼんの腕にぶら下がるようにして丘を下った。その歩みに長くなった二つの影法師が従う。途中で勇ぼんは脚を停めて、黙って眼下を指《ゆび》さした。

「わー　きれい！　一面金色だ」

刈り入れを待つ稲穂が夕陽を受けて黄金に映える光景に、太郎は眼を奪われた。しばらくして、

「タロは田植えをしたことがあるかい？」と、勇さんは聞いた。

「ある。伯父さんの田んぼでやった。八十八も手間がかかるんだってね」

「僕も田の草取りを手伝ったことがあるが、ここまで育てるのは大変なんだ」と、勇さんは受けた。

太郎は田の中に立つ案山子《かかし》を見つけると歌い出した。

♪山田の中の　一本足の案山子　天気の良いのに　蓑《みの》笠つけて
朝から晩まで　ただ立ちどおし　歩けないのか　山田の案山子

太郎は歌に加えて、

「おーい案山子、もう日が暮れるぞ。おーい、耳がないのか　山田の案山子」と叫んだ。

「♪耳がないのか山田の案山子」は、二番の歌詞にある句である。勇ぼんは、太郎の少年らしい着想の呼びかけを聞くと、弟のような愛《いと》しさを覚えて、

「案山子は夜通しここに立っているんだね」

と、遥かな夕空を仰いだ。しばらくして、

「案山子はえらい」と、独り言のようにつぶやいた。

勇ぼんは、襤褸《らんる》の案山子を、命惜しまず国を守る兵士に見立てたのである。

感慨深げに脚を停めている勇ぼんに、今度は太郎が、

「帰ろうか、兄ちゃん。兄ちゃんのお母さんが心配するよ」

と言ったので、勇ぼんは笑った。

「タロちゃんに言われてしまった！　そうだね。僕のお母さんも待っている。帰ろう」

太郎の頭を撫でると、太郎の手をとった。勇さんが、

「あっ！　雁だ」

と言うので、太郎が空を見上げると、雁がV字を成して空高く帰っていく。透明な三日月が上《のぼ》っていた。

丘を降りきると、それぞれの家路へ向かって別れた。路傍の草むらに虫の音《ね》が繁《しげ》くなった。

＊

ある日勇ぼんは堤さんに、こう洩らした。

「特攻機に乗れもしないで返されて口惜しい。死んだ方がいい」

軍に徴用された輸送船に乗っていた堤さんは予科練の実情は知っていた。勇ぼんが予科練で訓練を受ける時はすでに特攻機が敵に撃ち落されて機が底をついていた。飛行機乗りをあこがれて予科練に入ってもやることは本土決戦の地上防衛準備である。本土の空襲が激しくなると、予科練生は予科練教育を切り上げ、基地や防空壕の建設に従事していたから、土方にかけて「どかれん」と呼び、自嘲する者も出た。敗色が濃《こ》くなるにしたがって、大本営は迷走した。大量の予科練生を受け入れておきながら練習機さえ調達できない。七つボタンの誇りは消え、士気は低下した。終戦間近の、ある訓練所の周辺からは与太者視して「よたれん」という声さえ聞こえた。子供たちは『若鷲の歌』、

♪若い血潮の　予科練の
七つボタンは　桜に錨《いかり》
今日も飛ぶ飛ぶ　霞が浦にゃ
でっかい希望の　雲が湧く

の一節を、

♪今日も行く行く　隣の町へ
でっかい財布にゃ　金がない

と、ふざけた。少年たちに愛唱された歌の宿命として発生する替え歌にすぎないのだが、これが子供たちの間で流布した。真面目な歌にふざけた替え歌はつきものであって、だからといって予科練をバカにしているわけでもないが、訓練の甲斐なく帰った予科練生の耳には耐えがたい。

堤さんは、

「君が無事に帰れて皆は喜んでいる。お母さんが一番ほっとしている」

「この間、『予科練の死にそこない』という声を聞いた」

「馬鹿なやつを気にしないでいいよ」

森末亡人は我が子の当面の働き口として製材屋を探し、弁当を持たせて送り出した。

しかし、数日して、

「あんなところへはもう行かない！」

と言い出した。

「どうかしたの？」

母親が聞くと、

「親方に怒鳴られた」

「どうして？」

「『ぼやっとしてるな！　予科練！』と言われた」

「いいじゃないの、初めは皆叱られて仕事を覚えるんだよ」

「厳しいことには耐える。びんたやバッター(こん棒で尻を打たれること)には慣れている。名を言うのに予科練呼ばわりはないだろう。叱るのに、馬鹿と言われようと間抜けと言われようと構わない。予科練の名を侮辱《ぶじょく》するのは許せない！」

「悪気があって言ったんじゃないでしょうに。気にしないの」

「親方の言い方は予科練をバカにしている証拠だ。許せない！　僕は突撃の場を与えられずに残った。しかし先輩たちの大勢が国の守りに散って逝った。軽々しく予科練の名を出されると怒りに身が震える」

　神戸の中学から予科練に行き、なじみのない疎開地の異郷へ復員して来たのも不運であった。勇ぼんは田舎町の予科練に対する無理解と冷淡に落胆と怒りを感じていた。そして、自己の存在感に消え入るような寂しさを感ずる。国防に命を捧げる覚悟で進んだ道であった。勇ぼんは明るさを失って、所在なく鬱々《うつうつ》と日を過ごすことになる。

＊

　久しぶりに勇ぼんは現れた。

　この日は捕ったメダカを正志にと、届けてくれた。

　由紀は、勇ぼんが製材屋を辞めたことは堤さんから聞いている。

「勇さん、毎日何をしているの？」

「本を読んでいます」

「いいね。私も勉強したかったわ。和子の教科書でも読むと勉強になるの」

「兄さんたちが残した本を読めば退屈しないです」

「いま、何を読んでいるの？」

「万葉集です。予科練に持って行ったけれど読む時間は全くなかった」

「私は無学で知らないが、素晴らしい歌があるんでしょ？」

「防人《さきもり》の歌にこんなのがあります。

　からごろも　裾《すそ》に取りつき泣く子らを　置きてそ来《き》ぬや　母《おも》なしにして
　（すがりついて泣く子らを置いて来てしまった。母親を亡くした子たちなのに）
　父母《ちちはは》が頭《かしら》かき撫《な》で　幸《さ》くあれて　言ひし言葉《けとば》ぜ　忘れかねつる
　（父母が私の頭を撫でながら、幸あれと言った言葉が忘れられない）

　古代日本でも国を守るために全国から筑紫《つくし》の沿岸防備に出かけたんですね。少年兵もいた。母親を亡くした子を持つ男まで召集され、その子を残して出征しています。辛《つら》い別れに耐えて出征しました」

「驚いた！　勇さんはすごい！　勉強しているね。『君が代』も万葉集にある歌からでしょ？」

「それは違う歌集だと思います。しかし、『海行かば』は万葉集です。大伴家持の長歌にある一節です。

♪海行かば水漬《みづ》く屍《かばね》
　山行かば草生《くさむ》す屍
大君の辺《へ》にこそ死なめ
かへりみはせじ

天皇つまり国を守るために命を捧げることは本懐《ほんかい》だという心です。靖国に祀《まつ》られている英霊たちの心です」

「『海行かば』は何度も何度も聞いてきたね。国を守ろうとする深い心を感じるわ。荘厳な曲調が日本の伝統を心に深く伝えて、良い曲だと思うわ」

「元寇《げんこう》には、モンゴル帝国の圧倒的な戦力に国は一つになって立ち向かい撃退させました」

「あの時、神風が吹いたので助かりましたね。蒙古軍に台風の天罰が下ったのね」

「日露戦争でも、世界は日本が勝てるとは思わなかった。国力や戦力では桁違いに優位なロシアでした。日本軍はロシアに打ち勝ったのです。あれで負けていたら、満州も朝鮮も瞬く間にロシアの植民地になり、日本もロシアの植民地となったでしょう。アジアで欧米の植民地にならなかったのは日本ぐらいなものです。[*1]祖先は昔から、天皇を戴き一つにまとまって国を守ってきたのです」

勇ぼんは、人麻呂や憶良の名歌を紹介して、万葉集は世界に誇る詩歌《しいか》集だと話した。由紀は勇ぼんの意外な深さを知って驚いた。神戸の名門中学生だった勇さんはさすがだと感心した。

勇ぼんは話を転じた。

「おばさん、おばさんの家にも可愛い男の子がいますね」

「言うことを聞かない、腕白盛りの二人ですよ」

「もしも、三人の若い息子が居て、一人も戦争に征《い》かなかったらどうしますか？　徴兵されなくてよかったと喜べますか？」

「幸い我が家は幼いからよいが、年頃の息子がいたら悩むでしょうね。母親なら一人も死なせたくない。しかし、病気ならともかく、一人も征かないのでは肩身が狭いでしょう」

と答えて、言葉をさらに加えた。

「三人と言ったのは、勇さんのご家族の場合で考えよ、ということですね」

「そうです。僕たち家族がその例ですから」

「お宅の場合は、ご長男の修さんは医専にお通いですね。次男の茂さんは太郎の学校の先生です。茂さんには召集令状が来なかったのですね」

「茂兄さんは中学の時に肋膜炎があり、徴兵検査は不合格です。今でもひょろりと青い顔をしていいます。学校から若い男の先生が徴兵されて消えてしまいましたから、兄さんは中学卒で代用教員になったのです」

「元気な若者は学校からも、農家からも、工場からも徴兵されたものね」

「僕が予科練に手を挙げたのは、もちろん国を守りたいと思ったからです。中学生の予科練志願や学徒出陣壮行会のニュースを聞いたりすると黙って見ておられません。中学の途中で予科練に入ることには、母は反対しました。しかし、母は、長男・次男が出征していないだけに、僕の決意に反対しきれないと思っていましたよ」

　勇ぼんが予科練を志願したのは一時の衝動ではない。昭和十八年七月、勇が神戸の中学三年生の時、愛知一中予科練総決起事件[*2①]が大きく新聞に出た。愛知一中での時局講演会で校長や配属将校から、優秀な若い飛行兵の必要を聞いた一中の有資格者全員が予科練志願を申し出た話である。本来は多様な進路[*2②]を目指して中学に進んだ秀才たちである。医師や学者や建築家などそれぞれの夢があった。保護者にとっても希望の息子である。それが国難を救うためには自分の夢も親の期待も断ち切り征こうとしたのである。この申し出は新聞により、「愛知一中の快挙　全四、五年生空へ志願」と大見出しで報じられた。これは純真な若者の愛国心を燃え立たせた。

　この年の四月に連合艦隊司令長官の山本五十六が戦死、六月国葬が執り行われた。その間、五月にアッツ島守備二千余の兵士の玉砕の悲報が出た。これらの情報は、若者の復讐心をかき立たせた。勇ぼんは、中学校の勉強は残す一年間と決めたのである。四年生の一学期まで勉強して、十六歳で予科練を志願し入隊しようと決めた。征きて死を覚悟の決意である。

勇は決意通り、中学を中途退学の手続きをして甲種飛行予科練習生となった。中学中退の扱いとなるから、戦後たとえ復員できたとしても、上級学校へはそのまま進学できないのである。

「勇さんの強い気持ちに負けたのでしょう。お母さんは、世間の無言の圧力からも、勇さんの入隊を止めきれなかったのかもしれませんね」と由紀は言う。

これを受けて、勇ぼんは話を続けた。

「防人《さきもり》の歌にこんなものもあります。

防人に　行くは誰《た》が背《せ》と問ふ人を　見るがともしさ　物思《も》ひもせず

(防人に征くのはどこのご主人でしょう？　と、周りの人たちが話している。なんとうらやましい事か。私の夫が防人として行ってしまう、その私の気持ちを知らないで)

私の母も、たぶんこの歌を詠んだ人と同じ思いだったのでしょう。十六歳の入隊を止めるも許すも辛かったことでしょう」

由紀は、彼が自分の母親の気持ちまでよく理解していることに感心した。

「憶良の歌に、

銀《しろかね》も黄金《くがね》も玉《たま》も　なにせむに　勝れる宝　子に及《し》かめやも

がありましたね。子を持つことは最高の生き甲斐です。わが子はかけがえのない宝ものです。私は子を持っていっそう憶良の気持ちがわかります。落ち着いたら私も万葉集をもっと読みたいわ。ところで勇さんのお父さんのことをお聞きしてもいいかしら？」

と由紀は聞いた。

「父は船乗りでした。軍徴用の輸送船一等航海士として仏印《ふついん》（ベトナム）へ向かう船の指揮を執っていて、敵潜水艦の魚雷攻撃を受けて死にました」

「まあ、痛ましい！『海行かば』の文字通り「水漬く屍」！　兵士でなくても国の守りに命を散らした人がいるわけですね」

由紀は戦争の無残が身近な勇さんにも及んでいたと知り胸塞《むねふた》がった。

＊

勇ぼんは駅近くの中学校へ十月編入が認められ通いだした。しかし勇ぼんの通学は一か月を待たずして途絶えた。予科練生を迎え入れる体制が学校にはできていなかった。予科練生の志《こころざし》や訓練の厳しさを知らないクラスの一般中学生は勇を奇異な年上生徒と見て対応する。編入生の勇はクラスの中で話が通じない。「若い血潮の予科練の……」の歌でさえ、今では勇ぼんをからかう歌に聞こえた。いじめっ子に果敢に立ち向かって、傷ついて帰っても受けとめてくれる味方がないようなものである。勇ぼんは中学三年の時すでに柔道有段者になっていた。中学の道場で組み手争いや投げ合いが出来れば他生徒との相互理解は自然にできたであろう。しかし占領政策で武道はご法度となっていた。

ＧＨＱは日本の戦時体制を否定し、戦争は日本の侵略であり日本に正義はなかった、アジアに多大な被害を与えたとする自虐史観を日本人に刷り込もうとした。

予科練の国家への忠誠心は讃えるべからざるものとなり、特攻志願の少年の至誠さえも新聞ラジオは論ずることを避け、時代に迎合の大概の学者からも無視された。

予科練では晴れがましい体験はなかった。戦争に負けたからには、過酷な訓練や作業の日々は口にしたくはない。戦場の修羅場をくぐり抜けて復員した兵士たちにも共通する思いである。勇ぼんは教室では話す相手を見つけられない。学校は戻ってはいけなかった場所のように思われた。予科練の一年間は封印したい虚しさである。

勇ぼんにあるのは、訓練で鍛えられた腕力と度胸である。勇ぼんは数名の不良生徒を相手に乱闘して、退学した。中学へ復帰した予科練生に中学卒業の資格を取らせることは、国の責務であったから、学校は退学命令を出したわけではない。しかし本人は学校を続けることができなかった。当時の新聞によれば、あちこちの中学校ではこの手の乱闘事件が頻発している。戦前、中学校では軍の要請に協力して予科練に送り出す生徒の数を競ったところもある。志願者を讃えて送り出した。しかし、復員した予科練生には「死に損ない」と言う語が見え隠れした。予科練帰りにとっては、二階へ上げられて梯子を外されたようなものである。特攻の英霊を犬死と言う心ない輩《やから》もいた。

＊

堤さんは勇ぼんを夕食に招いた。食後に、

「風呂で叔父さんの背を流してくれないか」と頼んだ。

勇ぼんは堤さんの首から背中にかけて十か所ほどの傷痕を見て驚いた。堤さんは、

「マレーから日本へ、ボーキサイトやマンガンや生ゴムを積んで台湾近海を航行中の負傷だよ」

「弾の痕だけじゃないね」

「船体被弾による炸裂片の方が多いよ。敵潜水艦の雷撃と、艦載機の攻撃で船は沈んだよ。乗組員の多くが死んで、助かったのは僅《わず》かだったよ。救命艇に横たわっていたら救助されたのだよ」

「この傷では治るまでに日数がかかったね」

「傷口が化膿して蛆《うじ》がわいたよ。台湾の野戦病院みたいなところだったが、包帯も欠乏していて何度も洗っては使ったものだよ。呉《くれ》の海軍病院で手術をやり直して弾丸を抉《えぐ》り出したから、全治には半年近くかかったなあ。夜、上向きになれなくて、うつ伏せで寝たものだよ」

「僕の父も輸送船に乗っていて、頭をやられて助からなかったそうです」

「兵士の多くが敵弾を受けても治療も受けられずに死んでいる。私たちは護衛艦が守る輸送船団で遠くニューギニアなどへ多くの兵士を運んだよ。帰りにはスマトラやボルネオ島から重油を運んだりしたよ。工業資源や軍用燃料のほとんどは日本にはないのだからね」

堤さんはさらに続けて、

「その輸送船も次々と沈められて、兵器の生産もできず、欠乏は艦船や航空機の燃料にも、国民生活にも及んだわけだよ。糧秣《りょうまつ》や武器の補給をしようにも輸送船が戦地の港に届かないのだから、兵站《へいたん》を絶たれて餓死した兵士が多く出たんだね」

「戦闘でなく、飢えで死ぬなんて！」

勇ぼんは航空戦とは違う陸戦の悲惨を思った。

堤さんは自分の裸の背中に語らせるのが勇ぼんには一番わかりやすいと思ったのである。

堤さんは、今度は逆に、勇ぼんの背を流してやりながら、

「戦争はばかげたことだよ。虚しいものだよ。チンピラ相手に喧嘩してどうするんじゃ？

国の守りに身を捧げようとした者が、私憤《しふん》を抑《おさ》えられなくてどうするんじゃ？　柔術を喧嘩に使ってはダメだよ。柔道は精神を鍛えるものだよ」と勇ぼんの背後から言った。中学校での乱闘をたしなめたのである。

「恥ずかしい」と勇ぼんは小さく言った。

勇は、多くの兵士や、父親や叔父さんの受けた苛烈と比べて、自分の苦難などはものの数でもないと思った。自分の甘えを恥じたのであった。

堤さんは、この純真で一途《いちず》な甥っ子をいとおしく思う。

「予科練で千日回峰修行をしたと思えばいいじゃないか。比叡山の僧が険しい山を巡ってする荒行《あらぎょう》にどんな意味があるのだろう？」と堤さんは問いかけた。

「さあ？　飛行できなかったのには落胆したが、僕は予科練の作業も訓練もさほど苦痛には思わなかった。復員してからの虚《むな》しさにまいりました」と言う勇に、

「俗念払って険しい峰を巡るのは生き方の覚悟をつかむためだよ」

「生き方の覚悟って？」

「ひとりひとりで見つけるものだよ」

「えっ？」

「修練の場を柔道練習の厳しさに置き換えても良い」

「それなら分かるような気がします」

「勝ち負けは結果でしかない。それで生涯飯《めし》が食えるわけではない。修練の中で生き方の根性を身に付けたものが真の勝者だよ。そこで身につけた生き方の覚悟があれば、どの道に進んでも立派にやっていけるんだよ」

「師範から『戦う相手は敵ではない。自分だ』と教えられました」

「そうだよ。戦う相手がいるから自分が磨かれる。相手に対して感謝と『礼』を失したら失格なんだ。修練は自身に不動の心を持つためだ」

「寒稽古に参加した時に館長の挨拶で聞きました」

「予科練は険しい峰を巡るような得難い体験だ。人の経験に無意味はない。意味を見つければいいのだよ。覚悟が出来れば人は動けるものだよ」

こう言ってから堤さんは勇ぼんの背をいとおしむように、

「見つけるのだ！　自分で」「自身を生かすのは自分だ」「やってやれ！　自身を生かせ」

と、同じような繰り返しを念仏のように言って勇ぼんの背を流した。そのうちに、堤さんは訳も分からず胸が熱くなった。この可愛い甥を生かさないでなるものかと強く思った。

勇の体に最後の湯をかけ流して、

「勇ぼんはいい体になっているじゃないか。もうじき生まれてくる子が男だったら勇ぼんのような子に育てたいんじゃ」

勇ぼんの両肩をポンと叩いた。

通学を辞めた勇ぼんの脚は太郎の家から遠のいた。太郎や正志が学校から帰っても勇ぼんの薪割る音はない。由紀は、予科練帰還者が「特攻崩れ」と呼ばれ、その中に誘惑に乗って愚連隊の世界に身を落とす者がいるということも聞いていた。本来、予科練生は、知力や体力はもちろん精神力においても優れた人材である。将来のある勇ぼんには胸を張って中学校へ復帰してもらいたい。中学を卒業すれば、長男の修さんや次男の茂さんのような道も開けると思った。

十一　ドングリ拾い

山が紅葉しだす日曜日、地域の男子小学生で山へ出かけることになった。由紀が弁当の用意をしている間に、太郎はズボンの上からゲートルを巻いた。ゲートルというのは膝から足首までを保護するための巻き脚絆《きゃはん》である。当時は、男たちは一般の作業時には国民服を着て、脚にこれを巻いた。山へ入るときはこれで脚を茨などから保護できた。

食糧難は終戦後さらにひどくなった。農林省は昭和二十年十月ドングリ採集を全国知事に指示、甘藷の茎とドングリを食糧に供するように指導した。ドングリの渋を抜いた粉に小麦粉を混ぜてパンを作るらしい。国民学校の児童までがドングリ拾いに駆り出された。

六年生が先導の、三年生までの男子十三人が県道から杉の杣《そま》山へ入った。少しでも多くのドングリを集めて学校へ供出して、先生に褒めてもらいたい。六年生は山の奥へと皆を進めた。杉の森の斜面を越えた雑木の林に目星をつけて先導する。低い尾根を一つ越えると日当たりの良い雑木林に出た。クヌギの林が広がっている。クヌギのドングリは大きいから拾い甲斐があった。

昼食時はまるで遠足気分である。戦時の非常時として春の遠足がなかった。

腹をすかせて食べるおにぎりはうまかった。沢庵漬と昆布の佃煮が添えられていた。

「博、これを食べよ」

おやつとして持参の揚げそら豆を博に分けてやると、

「これは家で作った芋切干《いもきりぼし》だ」

博のくれた芋切干は出来立ての半干しもので、柔らかくてうまい。

弁当の後、博とドングリ握りをした。相手が握ったドングリの数を言い当てたら、相手から握ったドングリを貰えるゲームである。

太郎は六年生の兄ちゃんに、

「ドングリを少し家のお土産にしてもいいの?」と聞いた。

「ポケットに入れるぐれえはええよ」と、許可をもらった。

太郎は、芳子や正志にドングリをお土産にして、家でも一緒にドングリ握りを楽しみたいと思った。大きいドングリは独楽《こま》にして節子や芳子を遊んでやろうと思った。

持参の布袋を満たそうと夢中になっている間に山の奥に入り込んだ。

秋の日は短い、日が暮れるまでには帰らなければならない。六年生は帰る山道を一筋間違えた。見慣れぬ細い沢に出てしまってそれに気づいた。帰り道を見失っていた。六年生の狼《ろう》狽《ばい》を感じた太郎には、県道へ戻るまでの道のりが恐怖となった。そこへ一陣の風が雑木林をざわつかせると、ぱらぱらと雨粒が落ちてきた。太郎たちにはまさかの雨、雨具の用意はない。林が雲に覆われると山は暗くなる。ザワザワと木の葉を鳴らす雨音が大きくなる。太郎はリュックを頭にかぶせて雨を凌ぐ。足元に落ちる雨が瞬《また》く間に細い流れの筋をなす。六年生たちは手分けして、帰路と、雨宿りのできそうなところを駆け回って探した。

遠くから、

「おーい、炭焼き小屋があるぞ」

と呼ぶ。

「こっちだ、こっちだ」

行く先に、炭焼き小屋が見えた。全員がその廂《ひさし》に駆け込んだ。

皆が頭や肩にかかった雨をぬぐったり払ったりした。六年生が全員避難の点呼確認をしてひとまず安心したところで、いきなり炭焼き窯の裏から咳払いが聞こえ人の気配がした。

「怖い！」

博は六年生の後ろに身を寄せた。

「おお、おお、ぼっこう（たいへん）濡れてしもうたがな」

蓑《みの》カッパの爺さんが現れた。帰り支度をしていた炭焼きの爺さんである。爺さんは薪に火をつけると、廂に子供たちを寄せ入れた。

「さあ、濡れたものは乾かさなあ」

皆に呼びかけながら、太郎の頭に手をやり、

「こげえに（こんなに）濡れて」

坊主頭の雨を払い落してくれた。爺さんの大きな手の平に、太郎はほわっとした懐かしさを感じた。

しかし六年生には責任がある。

「早く帰らないと！　親が心配する！」と落ち着かない。

焦る子どもたちを見て、爺さんは、

「雨の止むのを待ちねえ。濡れたままじゃあおえん（だめだ）、風邪をひくで」

「暗くなったら、道が分からなくなる」

博は泣きそうな声で言う。爺さんは、

「通り雨じゃけえ、すぐに止む。体を温めえ。雨があがったら道案内するが」

雨が止んだ時はもうすっかり暗くなっていた。爺さんは、焚火《たきび》を消して、ランタンに火をともすと、

「さあ、足元に気いつけてついて来《き》ねえ（来なさい）。滑るけえ（滑るから）」

爺さんについて歩いた。尾根を越えると、かなたに低く川筋が光りそれに沿った道路に幾

つもの灯りが小さく動いている。爺さんはそれに向かってランタンを大きく振った。道路の灯りが呼応して揺れた。

「親が探しに来たんじゃ。もう大丈夫、大声で呼びねえ」

爺さんが言うので、皆が声を揃えて、

「おーい」

こだまのように、

「おーい」

がかすかに返り、道路の灯りが振られた。

「もう大丈夫、あの道路まで気を付けて下ろう」

太郎は爺さんについて杉の杣道を下った。何度か滑って尻餅をつきそうになった。道路には親たち十人ほどが雨具や懐中電灯を持って出ていた。

「お父ちゃーん」

父親を見つけた博はその胸に飛び込んだ。親が来られない数名の児童がいるはずである。父親のいない太郎は自分がその児童の一人であることは確信していた。それぞれの親子が手を取り合って無事を喜びあう様から眼を逸《そ》らせて、所在なさを紛《まぎ》らすように爺さんの後姿に向かって、

「お爺さーん、ありがとう」

と叫びながら手を振った。気が付いて皆も同じようにありがとうの手を振った。

太郎は爺さんの姿が消えて、振り返ったその刹那、嬉しい気配を感じた。男たちの影に紛れたモンペ姿が見えた。来るはずはないと決めこんでいた母親だ。太郎は驚いた。

「母ちゃん！」

声を詰まらせて母親に飛び込んだ。由紀は太郎の肩を抱きしめて背中をさすった。由紀は、子供たちを隣の坂さんに託して、男たちについてきていたのだ。太郎は母親の懐《ふところ》の温かさが一途《いちず》に自分を包み込んでくれる喜びを感じた。節子が生まれてからの太郎は母親との距離を感じることが多くなっていた。家近くの橋まで帰ると、雨上がりの夕月が雲間に冴えた。

十二　父親が来た日

十一月末に父親の義之が名古屋からやってきた。占領軍から放出のハーシーのチョコレートやガムなどを子供たちに届けて二日間疎開地で過ごした。アメリカ軍のPX（購買部）からのビスケットの旨さに驚いた。父親の吸っているたばこはラッキーストライクとかいう珍しい箱に入ったものであった。

「こんなものが簡単に手に入るのですか？」と由紀は聞いた。

「ほとんどは、米兵が持ち出して、金ほしさに日本人に売るのだ。軍から禁止されても、米兵は町へ遊びに出る時に衣服にかくし持って売るんだよ。それを買い取る窓口があるのだよ」

父親から名古屋の様子を聞かされた。

「夜のうちに泥棒に入《はい》られて自転車を盗まれたよ」

由紀が驚いて、

「自転車だけだったの？」と言うと、

「柱時計を外して盗《と》って行ったよ」

町の人たちが大勢で自転車泥棒を追いかける光景があり、空き巣狙いや掏摸《すり》が多くなったと言う。親を失った子どもの掏摸《すり》や万引きがあると言う。田舎町では聞かない話だ。さらに驚くことには、

「酔っぱらった黒人兵にビール瓶で頭を殴られた」と、父親が言う。

太郎たちは黒人を見たことがない。まして、米兵に黒人が居ることは思ってもないことだ。太郎は、

「頭は大丈夫だった？」と聞いた。

「とっさに身をかわしたから助かった。ビール瓶の角《かど》がかすったが、帽子を被っていたから、怪我《けが》はなかったよ。まともにくらって瓶が割れたら大怪我をするところだったよ」

正志もびっくりして、

「追いかけて来なかったの？ つかまらなかったの？」

「逃げるが勝ちだと逃げたら、酔っぱらいは転んでわめいていたよ」

由紀は、

「父ちゃんは変なところへ足を入れないでよ。君子危うきに近寄らずですよ」と注意する。

母親は時々難しいことを言う。意味はよく分からなくても、太郎は母親から聞いた諺《ことわざ》や譬《たと》

えは使われた場面と共に覚えた。

名古屋の街には米兵が多く駐留している様子を聞かされた。

「クロンボって怖いね。アメリカ兵はみんな乱暴なの？」

和子が聞くと、由紀も、

「若い女は乱暴されないか心配でしょ？」

「掠奪《りやくだつ》や暴力行為があっても、新聞はアメリカ兵とは書かずに、大男《おおおとこ》の犯行と書くだけ。占領軍の取り締まりはMP（米陸軍憲兵）がしているが、米兵を逮捕しても、日本警察に引き渡さないね。実際の件数は報道されないからわからない。婦女暴行もあるようだが被害者は泣き寝入りするしかない。被害者自身も被害を表に出したがらない。婦女子は大声を上げて助けを求めるなどして身を守るように、という隣組の回覧板が廻ったことがあったよ」

「日本娘が米兵の遊び相手になっていると聞きますが」

「いわゆるパンパンだね。米兵相手の女は目につくね。米兵相手とは限らないが、東京では金に困り身を売る女もいるようだ。占領軍の食堂などの施設に作業員として日本人大勢が雇われていて、その縁などで米兵と交際するオンリーもいる。家が消失しているので間借り生活の人が多い。女が間借りして米兵とカーテンも閉めずに戯れて人目につくので家主が注意すると、『見る方が悪い』と返す米兵もいる。読み書きのできない米兵が多いのに驚く。近くの遊郭にも若い米兵が押しかけているのを見たことがある。遊郭は焼け残っている。米軍は占領後のことを考えて遊郭へ焼夷弾を落とさなかったのだろう」

「太郎たちが最初に覚えた英語はギブミーチョコレートですが」

「名古屋でも子どもたちが米兵にねだってチョコレートやビスケットを貰う光景は見かける」

「優しいアメリカ兵もいるんだね」

和子は少し安心する。

「無邪気な子どもを見れば可愛いと思うのは誰も同じ。アメリカ兵は余裕があるから、お菓子もばらまける。大きな紙袋に菓子や缶詰を入れてジープを乗り付けて女の家を訪ねる米兵もいる。市内の昼中《ひるなか》ではアメリカ兵が暴れる姿は見かけない。夜の屋台で酔っぱらったりして暴れるような程度の低い人間は日本人の中にもいる。さっき黒人兵のことを言ったが、たまたまそれが黒人兵ということで、黒人兵すべてが乱暴というわけではないだろう。大体、クロンボとか、ニグロと呼ぶのは差別なんだ。朝鮮人を差別した日本人もいたよね。もともと、日本軍は欧米白人からの人種差別や植民地支配に反対して戦ったのだよ」

太郎は、

「友達の中で朝鮮人をバカにする子もいるよ」

和子が、

「見ただけではだれが朝鮮人だか分からない。仲良く一緒に遊んでいた子のことを朝鮮人だと言われて知ったことがあった。いい子だったからそう言われるといやだった。わざわざ言わなくてもいいのにと思ったことがあるわ。日本で生まれた朝鮮の子は、日本語で喋《しゃべ》れば日本人と変わらないわ」

　由紀が、

「町内の西山さんは立派な人だわ。こういう朝鮮人とお付き合いがある人は差別しないと思うけどね」と言うと、義之は、

「アメリカ人の人種差別はひどい。だいたい、黒人を奴隷として使ってきた歴史がある。いまでも黒人は白人のプールやテニスコートには入れない。近くの遊郭に大勢の米兵がやって来るが黒人兵は見かけない。聞くところによると黒人兵は遊郭の出入りを禁止されているそうだ」

「そこでも黒人は差別されているのね。黒人兵が酒を飲んで荒れるわけね」と由紀は言う。

「日本人移民も日米戦争の前から差別を受けるようになった。日本人移民を何の罪もないのにカリフォルニア強制収容所に送り込んでいる。白人には有色人種を下等と見てきた歴史がある。白人国でなく、有色人種の日本だから原爆を落とせたという見方もある」

「新聞では、この頃は、朝鮮人の乱暴があると聞きますが」との由紀の問いに、義之は、

「うん、朝鮮人が威張り出して困るね。商談中の行き違いで朝鮮人が、火鉢を持って立ち上がって威嚇《いかく》したことがあった。『ここは商談の場だ。私も柔道をやってきた、やるなら外へ

出よう』と、言ってやったら、おとなしく火鉢を降ろしたよ。焼け跡を勝手に占拠して闇市の中心を成したり、どぶろくなどの密造酒を作って無法な荒稼ぎをするのも朝鮮人が多い。日本人は米や芋などを自由に売り買いできない。朝鮮人は取り締まりを甘く見ているんだ」

と言う。

太郎は父親が柔道をやってきたということを聞いたことはない。中学校時代に武道の課業でやったという話だろう。それにしても、父親の度胸に感心した。

由紀は、

「怖いね。どうしてそんなことになったの？」

「日本は支那や朝鮮が近代化して自国を守れる友邦になってもらいたかった。朝鮮は日韓併合三十五年の間に識字率は数％から六十％になり、人口は倍増したんだ。アジアの中では目覚ましい経済成長を達成したのだよ。台湾と同様に、制度や産業でも日本本国並みの近代化を目指して日本は支援してきたのだよ。もちろん、根底には国土防衛の必要があった。GHQの占領政策の誤りで、朝鮮は戦勝国だと勘違いして、日本の法律を無視する人が出るわけだ。日本の警察を怖いと思わない。共産党員と朝鮮人の反日過激分子が一緒になってあちこちで騒ぎを起こしている。拳銃を持たない警官では抑えが効かない。暴動を鎮圧できるのは占領軍だ。今ではマッカーサーは天皇陛下より偉いんだからなあ。悲しいかな、日本はアメリカに占領支配されているわけだよ」

「ザリガニの大きいのを捕まえると、僕たちはマッカーサーだと言って喜ぶんだ」

太郎が言葉をさし挟《はさ》む。由紀はさらに、

「朝鮮は一番近い隣国ですね。独立して良い国になってほしいものだわね」と言う。

「朝鮮人が混乱に乗じて問題を起こすのはほんの一部だと思う。西山さんのように町内の行事に積極的に奉仕を買って出る人もいる。混乱期の一時的な事態で終わることを願うね。この機会に力を朝鮮の独立と発展に向けてほしいね。朝鮮はソ連からの植民地化も免《まぬか》れたし、支那の支配からも離脱できた。日韓併合は解消した。日本から学んだ近代国家の制度や産業技術を生かして、自立した良い国になってほしいね。戦争に勝利して朝鮮や台湾の人たちと一緒に喜びたかった。残念ながら、日本の敗戦の混乱や困窮が朝鮮・台湾の人たちにも及んだわけだよ。敗戦で拠り所を失った朝鮮人・台湾人で路頭に迷う人も出たわけだ。どの国の人でも一般は善良なものだが、政治が悪くて、独立が保てなくて翻弄される国民はお気の毒だね。朝鮮や台湾は日本国になっていた。しかし、併合を欲しなかった人たちには不満だったと思うね。日本は西欧列強のような搾取的な植民地政策はとらなかった。属領には違いないが、当初は保護領的な政策を進めながら漸次《ぜんじ》、義務も権利も平等の一体化を目指していたのだよ」と、義之は説明した。

「戦時中は『大東亜戦争』と言っていたのに、今の新聞では『太平洋戦争』になっているね」

と由紀が言うと、義之は、

「そこなんだよ！　日本は西欧の植民地になりたくない。東亜の国々は軒並みに西欧の植民地になっている。手を携えて西欧列強からアジアを守ろうとしたんだよ。大東亜共栄圏の理想を掲げて戦った戦争なんだよ。だからアメリカは『大東亜戦争』という言葉を使わせないわけだよ」と言う。

「日本人の中には、食糧の闇取引で稼いでいる人もいるようね」

と由紀が言うと、義之は、

「戦後警察力が低下して、ヤクザの勢力争いが目立つようになったし、闇市街で暴力行為を働く愚連隊もいる。聞くところによれば、警察の黙認で、テキ屋が露店商組合を作り闇市の秩序を保っているそうだ。テキ屋の組員がヤクザの横暴な振舞から弱い露店主を守っているということもあるそうだ。日本人の中にも見苦しいことを平気でする者が増えた。最も腹が立つのは、終戦と同時に軍の関係者の中に軍需物資や各種の隠匿物資を闇商人に横流しして私腹を肥やしている者がいるという噂《うわさ》だ。軍医でどさくさにまぎれて軍備蓄の大量の医薬を持ち出して盛大に開業している者もいると聞いた。知人の根崎《ねざき》さんはトラックをもっているから農漁村から産物を運び出して大儲けしているようだ。食っていくのにせいいっぱいだから、他人のことまで考えておられないし、犯罪も増える。しかし、こんな話を聞いた。女や老人を蹴散らすように我先に満員列車に乗り込もうとするヤクザ風の男がいた。それを注意したら殴り掛かってきたので、その男の首根っこをつかんで、『それでも日本人か！　恥をしれ！』と言って投げ飛ばした若い復員兵がいたそうだ」と話した。

太郎は、勇気ある若い復員兵は勇兄ちゃんのような人だろうと想像して、自分も悪い奴を投げ飛ばせる腕力を持ちたいと思った。太郎には話の内容は断片的にしか理解できない。

和子は、

「難しい話だけど、もう戦争はいやだわ。誰も平和がいいのに、どうしてこんなことになるの？」と問う。

「難しい話だ。日本は自国を守ろうと頑張ってきたが、それを妨害しようとしたのが、支那を抱き込んだ米英やオランダだった。それに対抗すると、石油資源などの輸出をストップさせ、経済封鎖をして日本を窮地に追い込んだ。随分前からアメリカは日系人を特別に差別して収容所送りしている。こういうことに我慢できずに戦ったのだよ。話し合いで解決しようと努力したんだが、アメリカは理不尽な要求を日本に突き付けて一歩も引かなかったのだよ。アメリカは自分たちも支那や満州に進出したいのだが日本が邪魔だったのだよ。わかりやすく言えば、アメリカは『俺の言うことを聞け、いやなら閉め出してしまうぞ』と、仲間とたくらんで日本の息の根をとめようとしたのだよ。和子もしっかり勉強したらそのうちに分かるだろう。どこの国でも親兄弟を戦争で失いたくない。毎日の仕事ができて、笑って平和に暮らしたい。和子は日本のいちばん惨《みじ》めな時代に生きている。こんなことはもうごめんだよな」と、義之は和子の出した難問に答えてみた。日本の政治体制や外交にも大きな問題があると感じていたが、大人でも分かって説明できることではない。

義之は小学生にこんな話し方では通じまいと思った。日米戦の起こりは簡単には理解できることではなかろう。しかし、敗戦によるこの窮乏と混乱の時期でなければこういう問答の切実さを失う。和子や太郎の頭に少しでも残れば、この後の理解に役立つだろうと思った。

由紀は、

「広島・長崎だけではなく、沖縄戦では大勢の大人から子供まで戦争の巻きぞえとなって死んだようね。私たちにはどうしようもないのだもの。そして、戦争が終わっても、不安な世の中が続くのね。名古屋に戻って、うまくやっていけるか心配ね」と言う。

義之は、物騒な話に偏《かたよ》り過ぎたと思い、

「日常普通の生活ではそんなに怖がることはない。町内の人たちは落ち着いて仕事をしている。最近のアメリカ兵は私が目にする範囲では、意外と規律正しいし、危害を加える者は見ない。日本人を蔑視《べっし》するどころか紳士的な兵もいる。日本人が皆読み書きできて、規律正しいことを知った米兵などは驚いているようだ。駐留軍が暴動などから治安を守っている面もある。怖いのは食糧難だよ」と言った。

「食糧だけではなくて、衣類など日用品すべてが統制で、闇で手に入れなければ生きていけない。都会では、配給米だけでは子どもを養えないでしょう。お父ちゃんが運んでくれた砂糖も石鹸も闇物資だものね」と、由紀は衣食のことが心配である。

「餓死者が名古屋だけでも月に三十人出ている。東京の上野駅だけでも一日に六人飢えで死んだという記事を見たことがある」と、義之が言うと、和子は、

「戦争が終わっても死んでいく人がそんなにいるの？」と驚く。義之は、

「空襲で親を亡くした子どもや家を失った人たちだよ。東京では集団疎開から帰ったら親も家もなくなっていたという子どもたちが出たよ。満州引き揚げ者の中にも気の毒な人がいるね。ソ連軍に追い出されて、衣食を持てないで満州を逃げた人たちがたくさん出た。乗るものもなく、野越え山越え川渡り国境越えての死と隣り合わせの引き揚げ行路だよ。衣料や食料の窮乏や雨風、掠奪の危険から子を救うために満州や朝鮮人に自分の乳児を預けて帰った人も居る。その親が逃げる途中で命を落とせば、子は残留孤児になるね。引き受けた人たちが自分の子のように愛情をこめて世話してくれることを祈るしかない」と、新聞ラジオで知った話を加えた。

太郎は、

「上野なら行ったことがある。西郷さんの銅像のある所なの？」と聞くと、父親は、

「そうだよ。上野駅の地下道や上野公園に大勢の浮浪者がいる。上野公園には動物園もあるし美術館もあって広いのだよ。もうじき冬になるがこのままだと、飢え死にする人や凍え死ぬ人がたくさん出るだろう」と答えた。由紀は、

「引き取って面倒見てくれる人がいないと可哀そう」

と言ったが、自身の言葉の空疎を思う。

「農家だと一つ口《くち》が増えても堪《こた》えられるが、都市では自分たち家族だけでも精いっぱいだ」

と、義之もやりきれなく思う。

太郎は犬を連れた西郷隆盛像を見上げた日が懐かしい。一九四二年昭和十七年太郎が幼稚園児の時、母親に連れられて一週間ほど東京見物をしたことがある。東京駅丸の内のやけに大きな広場を母親に手を引かれて都電の停車場に向かった。知人の柴田《しばた》さんの家を拠点に、そこの女学校出のお嬢さんの案内で、東京見物をした。宮城二重橋では皇后陛下の黒塗りの自動車がお出ましになるのを拝跪《はいき》する母親と並んで見送った。浅草観音仲見世で、ねばっておもちゃの剣を買ってもらった。その浅草観音も焼けて、そこから隅田川にかけて一夜の大空襲で十万もの人が焼け死んだそうだ。成田山や日光東照宮へ脚を伸ばした時でも、道すがら目が追うものはおもちゃの店であった。鬼怒川温泉では刺身や魚料理が多く出て太郎は箸をつけられなかった。東京空襲はその年昭和十七年四月に一度あったが、昭和十九年十一月二十四日B29爆撃機百十一機の来襲まではなかった。交通の便は特別に不自由はなかったし、旅館も土産物屋も営業していた。柴田お嬢さんと二人して着物（和服）姿で歩く母親は姉妹のように若く見えた。一歳の芳子を家に残して、太郎だけを連れた母親が東京へ赴《おもむ》いたようには訳がありそうだった。あれからわずか三年後の大東京の姿は無残な焼け野原となったようだ。母親は、東京で「鍾馗《しょうき》さん、鍾馗さん」と盛んに言っていたのを記憶している。おそらく、五月節句用の鍾馗の幟《のぼり》か掛け軸を探していたのだろう。来たついでに名古屋にないものを東京ならあるだろうと探したのだろうが、見つからなかったようだ。不要不急ということで生活の潤いがこういうところから順次消えていく時代になっていた。

物不足は昭和十八年から厳しくなった。市民が空襲に脅かされるようになるのは十九年の十一月から始まって翌二十年終戦の八月十五日までである。空爆の終わりを祈る身には長い月日であった。引き続く生活の困窮と不安は終わらない。

太郎が学校に行っているうちに、義之は名古屋へ向かっていた。

＊

授業後、校庭の朝礼台《ちょうれいだい》の上で数人の児童と遊んだ。

♪お山の大将おれひとり
　後から来るもの突き落とせ

太郎が皆を台から落として、ひとり凱歌《がいか》を上げた。ところが、そっと忍び上った一人に不意に横から押された。太郎は体を構えるいとまもなく横向きのまま台から落下した。地についた左の肘《ひじ》は関節で折れて、あるべき九十度とは正反対の向きに曲がっていた。先ず驚いた、次に激痛が襲った。火がついたように号泣した。職員室から先生が飛んできた。左腕に添え木を当てて縛り、自転車の荷台に乗せて家へ届けた。自転車の振動による痛さは耐えられない。急は堤さんに知らされた。やがて自転車で駆け付けた堤さんに乗せられ、一里離れた川下の町の骨接ぎ院へ運ばれた。柔道場主が接骨師である。ただ腕を取って伸ばしたり曲げたりするだけである。

「痛い！　イタタ、イタイ！」

悲鳴をあげてのけぞると、

「我慢せい！」

曲がらない左腕に力を加えて、伸ばしてみたり、曲げて指先を肩に届かせようとする。

「痛いよ！　イターイ、イタイッ！」

「泣くぐれいなら、悪さをすな！（するな）」

遊んでいただけである。太郎は「なにを言うかこの藪《ヤブ》め」と怒れた。乱暴な治療である。レントゲンもない接骨院である。膏薬を張り、三角巾で腕を首に吊り、帰された。帰りの道で堤さんは、

「戦地の兵隊さんの負傷はこんなものではない。命にかかわる怪我ではない。心配は要らない」

と慰め励ましたので、太郎は、

「堤さんの背中の負傷も酷《ひど》かったよね」と、半泣きのか細い声で言った。

家に帰り着くと、熱と痛みに呻《うめ》きながら布団に寝かされた。

夜遅くに枕元で、

「ボウ、痛むか？」と、声がした。

眼を開くと父親が居た。

「どれ、見せてごらん」

掛布団をはねて左の手をとり、

「指を動かしてごらん」

太郎がぎこちなく痛さをこらえて指を曲げ伸ばした。

「大丈夫だ。つながっている。大事にしなさい」と、父親は布団をかけ戻した。

太郎が骨折した時、父親は、名古屋へ向かう汽車の中に居た。義之は山陽線の車中で電報を受け取ると、すぐに引き返し、夜遅くに太郎の枕元に舞い戻ったのだ。由紀は義之の再来に安堵したが、太郎には涙が出るような感激ではなかった。かつてのような無条件にその胸に飛び込んで抱擁されたい慕わしさを父親に感じない。以前、「この子は二年生になっても膝に乗ってくる」と眼を細めて客に話した義之であるが、今は違う。距離を感じる人になっている。大きな怪我で憔悴《しょうすい》の太郎は、淋しい世界をさまようような夢の中をうつらうつらと眠った。朝、遅くに目を覚ましたが、父親は早朝に家を出て名古屋へ向かっていた。

名古屋の学校の教室不足は、二部制や青空教室で対応している。子どもたちの学校も一部焼失で受け入れ困難な状況だそうだ。それでも年度替わりには元の学校へ復帰させようと父母は決めた。

担任の菅谷先生が二度めの見舞いに来て太郎に、

「困ったよ、太郎君」と言った。

「どうして?」

「今年は運動会ができなかっただろ。だから三年一組と二組の対抗運動会をすることにしたんだよ。体操の時間を三時間使って、かけっこや、リレーや棒倒しをやる。騎馬戦や相撲もやるんだ」

「早く治してかけっこぐらいは僕も出るよ」

「太郎君はかけっこは得意じゃないからいいんだ。でも、相撲に太郎君が出ないと一組に負けてしまうよ」

「騎馬戦も相撲もこの腕では……」と、無鉄砲な太郎でも無理だろうと思った。

終戦後は自由だ自由だということで、担任たちはずいぶん野放図に授業ができるようになった。教科書はGHQ指令で墨塗りをさせられて、何をどう教えたらよいのか分からない。

一週間ぐらいは堤さんの自転車に載せられて通院した。痛みが和らいだころから太郎ひとりで歩いて通った。

三角巾が取れて太郎が学校へ通いだした数日後、三年生運動会が行われた。山田君は相撲で強かった。太郎は綱引きさえも出られず、かけっこだけをびりで走った。千鶴ちゃんはかけっこで先頭を切った。やけくそになって応援の声を出した。校庭の紅葉が目に染みて泣きたかった。

腕の関節は元に戻らないまま変形してつながった。関節に明らかな奇形が残った。そして、前腕の下側皮膚の感覚が失われた。そこを抓《つね》っても掻《か》いても自分の皮膚という感覚がない。神経が切れたのだろう。しかし、腕の機能はほぼ回復した。

十三　勇坊（2）

久しぶりである。いつになく午後の早い時刻に勇ぼんはやってきた。大工の廃材をのこぎりで切りそろえ、薪としてくべやすい太さに斧《おの》で割ってくれた。今日の勇ぼんはいつもと違う、何か聞いてもらいたいことがありそうだ。由紀は節子に乳を含ませ寝かしつけると、勇ぼんをお茶に呼んだ。勇ぼんは汗をぬぐい、一口でコップの麦茶をあけた。十七歳の喉仏は眩《まぶゆ》いばかりの青年のものだ。

「おばさん、広島の原爆のこと知ってる？」

勇ぼんは切り出した。

「聞いているよ。新型爆弾ピカドンで何万もの人が焼き殺されたわね」

「市民を狙った虐殺《ぎゃくさつ》です。殺されたのは何の抵抗もできない普通の人たちです」

「ほんとうね。なんの罪もない人たち！　恐ろしいこと！　かわいそうに」

「アメリカは武器も持たない人を狙うんだから卑怯だ。非戦闘員への攻撃は戦争犯罪ですよ」

由紀は勇ぼんの意外な関心や怒りに驚いた。勇ぼんは話を転じた。

「先日、広島へ行ってきました。同期の桜に会いました」

「あら！　一人で広島へ？　お友達の家族は大丈夫だったの？」

「友達の父親が生きているだけ、母親も弟も妹も原爆でやられました。千度もの熱線とすさまじい爆風で建物は破壊され尽くし、一面瓦礫《がれき》の原です。こんな爆弾を市民の頭上で炸裂させるなんて！　長崎では別型の原子爆弾を落としている。原爆実験のモルモット扱いですよ。人間のやることではない！」

「可哀そう！　弟や妹さんは何歳？」

「妹は十五歳、女子挺身隊勤労動員で工場の近くで焼け死んだ。弟はまだ九歳」

「まあ、かわいそう！」と、由紀は子どもと聞いて胸塞《ふた》がった。

「弟は焼けただれた顔で、痛い痛い、目が見えないと、帰る道が分からず震えていたそうです。その日は弟の誕生日だから、弟の好きな西瓜を冷やして待っていたそうです。お父さんが弟の泣く声で弟と分かり家に連れ帰った。『ほら西瓜だ』と口につけてやったら、『ツメタイヨ』と力なく言って、西瓜の汁も吸えないまま父親の膝に頭を落としたそうです」

「太郎と同じ歳だわ。広島にいたらこの芳子や節子だってやられている！」

と、由紀は紙人形遊びに余念ない芳子に目を向けた。

「東京大空襲だって都民を狙った大焼殺です。一夜で十万もの人が焼き殺されている。周りを火で囲って逃げ場を閉ざしておいて袋のネズミのように焼き殺す！　悪魔の仕業ですよ」

と、勇ぼんは調べている。実際、当時の新聞は「東京大焼殺」の見出しで報道した。

「おばさん、僕たちは特攻機で敵艦を沈め、本土を守ろうとした。三沢基地では掩体壕《エンタイ》（飛行機を格納して敵攻撃から守る施設）を作るのが仕事だった。重労働には耐えたが、飛行機に乗れないことに落胆しました。敵攻撃に加わることができずに、本土で迎え撃つ決戦に備えました」と、予科練での実際を話した。

そして、広島で見てきた光景を、

「汽車に乗ると、傷痍軍人が松葉杖をついて車内の乗客に施しを求める。国のために戦って片脚失って帰還したら敗残者扱いだ。駅構内では、眼帯と義足の白衣兵がアコーディオンで『露営の歌』や『暁に祈る』などの軍歌を流して募金する姿も見た。勇敢な兵士の愛国心も、日本軍の誇りも失って物乞いをする姿はたまらないね。アコーディオンを鳴らすのが傷痍軍人ではおかしい。兵士に感謝する一般市民が募金の奉仕をすべきです」と、怒りをぶちまける。

由紀は、

「『勝って来るぞと勇ましく』と歌い、『東洋平和の為ならば何の命が惜しかろう』と戦い、脚を失って復員すれば、明日の生活に困るのでは、お気の毒ね。国の補償はどうなっているのでしょう？」

「傷病兵への補償が遅れているのは、占領軍の政策によるものらしい」

「どういうこと？」

「惨めな傷病兵を世のさらし者にして日本の軍国主義を反省させたいようです」

「そんなバカな！　国の為に戦い、脚を失って復員してさらし者にされるなんて」

「僕ら予科練の生き残りも同じ扱いです」

「戦争に追い込んだのはアメリカのくせに！」と、由紀は怒った。

勇ぼんはさらに、

「広島駅には戦災孤児がたくさんいた。ぼろぼろの服を着て、垢まみれの皮膚に疥癬《かいせん》ができ、掻いた傷が膿《う》んで泣いている。家も親も失った浮浪児だ。靴磨きの少年もいた。夜の駅の構内やガード下は浮浪者のねぐらだ。冬の寒さをどう凌ぐのだろう。何の罪もない犠牲者ですが、周りはそれに救いの手を差し出せない。日本はこんな情けない国になったのか。もともとこの程度の国民だったのか。男たちも腰抜けになっている！　目も当てられない」

由紀は、

「戦争に負けるってみじめなことね。飢えに耐えかねて心も荒《すさ》むのでしょうか」

「原爆ひとつ見てもアメリカのやり方はひど過ぎます。世界の歴史の中でも空前の大量虐殺です」

「負けると分かっての過剰攻撃は憎いね」

と、由紀は言いながら、大きな歴史の中でとらえている勇ぼんに感心した。そして、

「どうして新聞はこのアメリカの非道を叫ばないのでしょうか」と憤ると、

「アメリカはその声を封殺しようと策謀し躍起になっている」と勇ぼんは言い、続けて、

「大湊《おおみなと》海兵団に転属となり、津軽海峡に近い部落の山林のテントで寝起きし、蛸壺《たこつぼ》を掘った。そこへ身を隠し、上陸する敵戦車の下に爆雷を抱えて飛び込む訓練をしていた。原爆の破壊力も知らずに」と、虚《うつ》ろな表情をした。

勇ぼんから予科練の過酷な訓練や活動の実際を聞いたのは今日が初めてである。今の勇ぼんは敗戦で気概を失った大人たちに失望のまなざしを向けている。国を守ろうと予科練を志願した虚《むな》しさに、また、こんな日本人のために自分は死のうとしたのかと、やり切れない、由紀には勇ぼんがそう言いたげに見えた。

「勇さん、皆さん食うや食わずの生活で今日明日のことしか考えられないのよね」

「何もかも嫌《いや》になって死のうと思ったことが何度もあります」

「勇さん、お母さんがいるじゃないの、そんなこと考えないで！」

「暗い暗い谷底に置き去りにされたようでした」

「勇さんのお母さんも勇さんに学校を出て立派になってほしいとお思いの筈ですよ」

「分かっています」

「太郎も正志も勇さんのことが大好きよ。勇さんに憧れていますよ。将来の太郎や正志たちのことを腰抜けの日本人だなんて誰にも言わせたくない。子供たちに生き抜く力をつけてやりたい。勇さんのお母さんだって同じ思いよ。大切に育ててきた勇さんに夢をもっていると思うわ」

勇ぼんの顔つきが少し明るくなった。由紀はすかさず続けた。

「勇さん、びっくりした！　普通の大人よりもしっかりした目で今の世を見ている！　お国のために勇気を出して予科練を志願したよね。私だって男だったら銃をとって敵に向かいたいと思ったわよ。生きて終戦を迎えられたことは神の思し召しです。戦後の日本を立て直す人材として神が生き残りを命じたのです。こんな素敵な若者を無駄に死なせてなるものか！」

由紀の語気が強まってしまう。自分の言葉に声が潤んだ。勇ぼんの瞳に涙が光った。勇ぼんを抱きしめてやりたい。それを抑えて、勇ぼんの手をとり、由紀は核心につないだ、

「勇さん、本当は自分の進路のことを考えているのでしょ？」

勇ぼんは、日に焼けた腕で涙をぬぐった。どきっとするような澄んだ瞳を由紀に向けた。

勇ぼんにはやっぱり話したいことがあったのだ。

「神戸の親戚に身を寄せて、働きながら夜学へ通おうと決めました」

「えらいわね」笑顔で受け止め、

「お母さんや堤さんは何とおっしゃったの」

「堤叔父さんは神戸で心機一転もいい、頑張れと励ましてくれました。母は神戸へ行くのはいいが、前に居た昼中学へ編入して勉強せよと言いました」

由紀はほっとして、

「周りを気にしないで、歯を食いしばってね。予科練で鍛えた根性を生かすのよ。どんな経験も無駄なものはないのよ」

「僕は予科練生だったことは忘れて出直します。今日、聞いていただけて覚悟が固まりました」

「えらいわ、えらいわ！……勇さん！えらいわ」

由紀は勇のたくましい拳《こぶし》の片方を自分の小さな両手で包んで握りしめると、涙を落した。

「勇さん、私には子どものころから仲良くしてきた従兄が居たの。小鳥を飼うことが趣味の従兄の十八歳の姿を見たのが最後です。戦死しました。音楽の好きな従兄がチゴイネルワイゼンを素晴らしいと言っていたことを思い出すの。もう居ないの。勇さんを初めて見た時、その従兄が現れたかと嬉しかったわ。勇さんは前途洋々よ。英霊の無念を引き受けて立派な人になってほしいわ」と勢い込んだ。

その時、「ただいま」と太郎と正志が帰ってきた。正志は、

「あっ！　勇兄ちゃん！」

ランドセルも降ろさずに勇ぼんの手をひいて、メダカの甕《かめ》を見せ、

「兄ちゃんに貰ったメダカ元気だよ」と、嬉しそうだ。

久しぶりの勇兄ちゃんの出現は二人の少年の元気を百倍《ひゃくばい》にした。

太郎は蒸《む》した薩摩芋を頬張りながら、

「兄ちゃん！　川へ釣りに行こうよ」とねだった。

「ようし、行こう」

勇ぼんは元気に応じた。

十四　備中神楽《びっちゅうかぐら》

掃除当番で一旦机を教室の後ろに寄せると、前半分にスペースが生まれる。そこで三宅君と佐藤君が箒を持って奇妙な踊りを始めた。箒を刀《かたな》に見立てて、振り回したり、つばぜり合いする。相撲の四股《しこ》踏《ふ》みのように脚を大きく上げて床を強く踏む。顔を左右する時の動きが操り人形みたいである。二人は奇声を上げながら、近寄ったり離れたり回転したりする。どうも二人は決闘《けっとう》をしているらしい。

「どうじゃ、参ったか」

「もう悪いことはしません。お許しください」

の掛け合いで、負けた三宅君は退散し、勝った佐藤君が箒を高く掲げて、首を大きく回し、目玉をぎょろりとさせて見得《みえ》を切る。見ていた男女学童は拍手する。

「変なチャンバラだなあ」

あっけにとられた太郎が言うと、女の子が、

「こりゃあ神楽《かぐら》なんじゃ。毎年秋になるとあっちやこっちの神社で、これをやるんよ」

「へえ、僕の近くの神社でもやるんか？」

「今度の日曜日にやるんじゃあ」

「何時から始まるんじゃ？」

三宅君が、

「夜じゃ。晩御飯食べたら出かけるけえ（から）、太郎も来い」

「二人が行くなら、僕も行く。大蛇《おろち》退治はすごいぞ」

と佐藤君が言うと、隣の家の千鶴ちゃんも、

「毎年見ている。日曜日お母さんと見に行くんよ」と、太郎に向かって言った。

神社の近くの者は大勢が繰り出すようだ。

太郎の家でも全員で出かけることになった。小林婆さんから聞いたところでは、備中《びっちゅう》神楽というのは、氏神様に記紀神話を舞踊劇にして奉納をするものだという。県下には三十もの神楽社中があるという。吉備津《きびつ》舞と言って桃太郎伝説を演ずる社中もあるそうだ。

「この地域の神楽社中は、舞も衣装も素晴らしく、よその地域には引けを取らない」

と、小林婆さんや坂さんの奥さんから、是非見ておくようにと勧められていた。

神社の境内の篝火《かがりび》が人を寄せて賑《にぎわ》う。社殿の中に四本柱で囲う舞台が設けられ、裸電球を

巡らせて明るい。佐藤君や三宅君も来た。由紀は節子を背負い子どもたちを連れてやってきた。坂さん母子と一緒に来ている。

『天の岩戸開き』はお面を被った男たちの見慣れないしぐさが奇怪だ。同じしぐさや舞が繰り返し、繰り返し続く。右手に扇、左手に御幣《ごへい》を持って静かに舞う時もあり、剣を操って激しく踊る時もある。鳴り物は太鼓だけである。太鼓一つで強弱をつけ、いろんな音色を出して拍子をとる。茶利《ちゃり》という種類の演目では、舞い手と囃し手との掛け合いが面白い。たわいもない冗談や謎々《なぞなぞ》の応酬が漫才のようで笑いが湧く。

やがて背面の幕が降ろされると、女面にキラキラ光る髪飾りの女神が厳かに立ち現れる。

「ほら、あれが天照大神《あまてらすおおみかみ》だよ」

太郎は母親の説明がなくても分かっていた。いかつい衣装は多分タジカラオなのだろう。

『八岐大蛇《やまたのおろち》退治』ではスサノオの衣装が奇抜である。クシナダヒメと思《おぼ》しき女面がなよなよと登場する。真っ赤な着物に白い襷《たすき》があでやかである。大きな酒樽が二つ舞台に出ている。背のうろこが緑色で腹が赤い大蛇《おろち》がとぐろを巻いたり絡んだりして、巨体は舞台を埋め尽くす。

「ほら、八岐大蛇《やまたのおろち》だよ」と、由紀は子どもたちに説明する。

どの子も話は絵本で知っている。太郎は大蛇の頭の数が気になって仕方がない。

「大蛇の頭は四つしかない」

「舞台が狭いから頭も八つは無理だよね」

広さ十五〜六畳ほどの舞台では酒樽を八つも置いたら大蛇の動く余地がない。

スサノオがとどめを刺すと大蛇は後ろの幕に消える。スサノオが、切り取った大蛇の尾を手に、剣《つるぎ》を天にかざして大見得を切る。

「大蛇の尾から剣《つるぎ》が出てこないよ」と太郎は言う。

ここで草薙剣《くさなぎのつるぎ》が出てこないと、太郎には拍子抜けである。衣装も話の展開も、神楽では太郎の知る絵本通りにはならないようだ。

母親が坂さんの奥さんに、

「しばらく歌舞伎を見ていないが、お神楽も面白いですね。神楽社中の人たちでこれだけの芸をできるのは素晴らしいですね」と声を掛けると、

「歌舞伎とは比べ物にならん田舎芸じゃけど、四百年も続く伝統芸なのよ」と奥さんは言う。

「衣装が奇抜で面白いね。所作《しょさ》には伝統的な型があって、それになじんでいる観客はリズムに乗れるから楽しめるのね。歌舞伎と似たところもありますね。クシナダヒメやアメノウズメも男が面をつけて踊るんでしょうね」と由紀が言うと、

「奥さんはよく分《わ》かっとってで（お分かりのようで）。こういう伝統芸がお好きなんね」と、坂さんは言う。

由紀は歌舞伎が好きで、平時は名古屋の御園座《みそのざ》へ出かけていた。子どもたちは母親から吉

右衛門とか猿之助という役者の名を聞かされた。太郎も連れられて、絢爛豪華な舞台を見ている。長いかつらの紅白が豪快に毛ぶりをする『連獅子』は記憶にある。『白浪五人男』の、

知らざあ言ってきかせやしょう
名せえ由縁《ゆかり》の弁天小僧菊之助たあ俺がことだ

この科白は格好が良い。太郎は遊びの中で、番傘《ばんがさ》を開いて役者の声色《こわいろ》で見栄を切る真似で楽しんだこともある。由紀は、

「今年の夏は盆踊りが中止でさびしかったけれど、珍しいお神楽を見られました。終戦直後の生活難の中でも、伝統芸を絶やすまいとする人たちの根性がいいですね。郷土愛ですね。私たちの住まいは、都会の新開地ですから、盆踊りのほかは、町内の演芸会をやるぐらいのものですよ。町内の皆さんが歌や踊りや手品などのかくし芸を披露し合いました。安来節《やすぎぶし》のどじょうすくいならまだしも、私の主人は、太鼓腹に墨で顔を描いて腹踊りをしたがりました。下品で恥ずかしかったですよ。都市の新開地では、お神楽やお神輿《みこし》がありませんから子供たちの楽しみは紙芝居か映画ぐらいのものですよ」と、坂さんに話した。

母親たちは、太郎を残して途中で先に家に帰った。神楽は、一つの演目だけでも三〜四十分かかり、夜半まで続く。地域によっては二晩続けたり、夜通し演じたりするそうだ。

太郎たちは、神楽見物に飽きると、舞台から離れて、境内の篝火の隅で、鬼退治の剣舞を神楽式に真似て楽しんだ。三宅君や佐藤君は太郎に所作《しょさ》の基本を手ほどきしてくれた。同じ

ような手ぶり足踏みの繰り返しだから、それらしい型はすぐに覚えられた。明日は学校でやることにして。神社を後にした。

お神楽にちなんで、この時期、亡魂《ぼうこん》が町や村に出没する。若い男衆《おとこしゅう》が女の着物に、長いかつら髪と般若面《はんにゃ》をつけて六尺棒を持って集落を練り歩くのである。病や災難除けのお祓いをするのが本旨らしいが、幼児は大抵これにおびえて近づかない。子どもたちが悲鳴を上げて逃げるのを面白がって、追いかける不心得な亡魂もいる。太郎も怖いから、亡魂を見かけると避けて回り道をした。

十五　山田君の不思議

終戦の年の暮から、ラジオで『リンゴの歌』が明るく流れ、ヒット曲となった。年が変わって昭和二十一年になると、しんみりとした『里の秋』が愛唱されるようになった。

♪静かな静かな　里の秋
お背戸《せど》に木の実の　落ちる夜は
ああ　かあさんと　ただ二人
栗の実煮てます　いろりばた

秋の静かな里の家で戦地からの父の帰りの無事を願う歌であった。戦争が終わってもすぐには父親の復員が叶《かな》わない家族があった。戦地のあちこちにはまだ多くの残留兵が居た。郷愁を誘うこの歌は当時の日本人の心をとらえた。帰らせてもらえない兵たちもあった。二十年八月、ソ連は日ソ中立条約を破り満州に侵攻し、不当に六十万人の日本兵をシベリアへ連行抑留し強制労働を課した。日本政府はポツダム宣言を受諾し八月十五日に降伏を国民に告知し自発的に戦闘行動を停止した。しかし、ソ連軍は日本領南樺太へ侵攻、九月に入っても侵攻を続け、国後島《くなしり》などの北方領土まで占領した。昭和二十年十二月に川田正子《かわだまさこ》の新曲として全国に向けて放送されたこの歌は翌年からラジオ番組『復員だより』の曲として流れた。『復員だより』とか『尋ね人』の番組は、復員しても家族との連絡が取れない人の経歴や手紙を流して、再会の手助けをしたものである。仲良しの山田君にも父親はいなかったし、太郎も父親と引き離されて暮らしている。

山田君の弁当に卵焼きが入っていることがある。太郎の家では卵はめったには食べさせてもらえない。おかずの好物の筆頭が卵焼きであった。

「うまそうだなあ」

とのぞくと、山田君は、

「あげるよ、食べな」

一切れ太郎の弁当箱に入れた。それ以来卵焼きを持ってきたときは必ずくれた。一切れが二切れとなった。初めは月に一～二度であったものが、秋に入ると毎週一度ぐらいそれを持ってきた。一センチ幅の二切れは山田君持参の半分に相当した。食い物で結ばれる絆《きずな》は強い。二人の友情は深まった。山田君の施しから比べれば太郎の功は無きに等しい感じである。

山田君が着てくるものは、お兄さんの着古しばかりで、それもすり切れたところを繕ったものが多い。その山田君の弁当箱には黄金に輝く卵焼きが入っている。卵焼きの一切れを山田君はそっと太郎の弁当箱に移す。太郎は感謝を口に出さないで軽く左手首をあげる。疎開者同士の特別な親密は周りから浮きやすいからの心得である。

正月明けの冬休みに山田君が太郎の家に遊びに来た。彼の家は太郎の家から一キロほど川上の岡井である。通学域が違うので、学校以外で一緒に遊ぶことはない。太郎の地域の寺でどんど焼きと餅撒《ま》きがあることを同組の松井君から聞いた。元旦の式に学校へ出た時に、太郎は山田君を誘っておいた。

訪ねてきた山田君は、リュックサックから手土産として箱入りのものを差し出した。蓋を取ると籾殻《もみがら》の中に卵が並んでいた。正志が数えたら十個もあった。和子も由紀もそれを覗《のぞ》いて、

「まあ、すごい！」

と声を揃えて歓声をあげ、由紀が、

「山田君ありがとう。こんなに頂いて」とお礼を言うと、

「家の鶏が産んだものです。お母さんがよろしくと言っていました」

と、礼儀正しく挨拶した。

山田君の家では鶏を十羽ほど飼っていて、その卵を彼のお母さんが行商で売り歩いている

という。卵に限らず農産物や日用雑貨なども背負って売り歩く。

「まだ、これもあります」

山田君がリュックに深く手を入れると薩摩芋と牛蒡《ごぼう》が出てきて、さらに底から小豆《あずき》の一袋が出た。

「僕の家の畑で作ったものです」

由紀は、山田君のお母さんの心遣いに熱い心の通いを感じた。太郎宅の窮状をお見通しのようだ。

太郎は弟と山田君とで寺に向かった。すでに、同じクラスの三宅君と松井君が来ていた。

♪おしくらまんじゅ　押されて泣くな
この年の冬の寒さは例年になく厳しい。寒さ凌ぎに五人でおしくらまんじゅうをして温まった。餅撒《ま》きが始まるまで、まだ時間がありそうなので、太郎たちは相撲を始めた。境内には崩れかけた土俵がある。四人で勝ち抜き戦をした。

「僕が行司だ。はっけよい、のこった」

正志は八つ手の葉を持って仕切った。

最初に三宅対松井で松井君が勝ち、続いて松井対太郎で対戦した。大柄な松井君に低く当たって押し出して太郎は勝った。

「じゃあ、今度は僕とやろうか」

山田君は土俵に入った。同じ体格の山田君となら負けることはないと四つに組み合った。しかし、山田君に両ベルトを取られると動きを封じられた。相手の全身に鋼《はがね》のようなものを感じた。先手を打って外掛けで押し倒そうとしたが、かわされてあっさりと投げられた。

「やられたあ、強いなあ山田は！　松井も佐藤も山田と組んでみろ！」

だれも山田君には太刀打ちできなかった。教室の机では腕相撲を取って負けていたが、相撲を取ってもやはり彼は強い。いつも穏やかににこにこしている山田君である。どうしてこんなに強いのか不思議であった。

冬休みの最終日は日曜日でもあったから大勢が集まった。ドン、ドンと太鼓が鳴る。おみくじと餅撒きの合図である。どんど焼きに集まった大勢の囲みが徐々に解けて、大人も子供も、本堂に移動する。その途中でおみくじを貰う。大吉から小吉まである。太郎と正志は小吉であった。太郎の家は寺に近いので、和子は芳子を連れて、おみくじと餅撒きに駆け付けていた。和子は中吉、芳子は大吉を当てて喜んだ。正志が、

「つまんないなあ」

と、おみくじを丸めて捨てようとしたら、松井君が、

「捨てちゃあおえん（だめ）！　おみくじの番号が当たれば賞品が出てな。餅撒きが済みゃあ当選発表があるけえ」

ここに生まれ育った松井君や三宅君は知っている。

餅投げが始まった。厄年会《やくどし》の法被《はっぴ》を着た男たちが丸もちをぱらぱらと投げる。太郎や正志は帽子で受けようと欄干の撒《ま》き手に、

「こっち、こっち」

と黄色い声で帽子を広げた。

弟の正志は二つ、太郎や松井君や三宅君は五個ぐらいずつ手にしていた。山田君は餅を受けようとせず、地面に落ちる餅を拾っていた。彼のポケットは上着もズボンも餅であふれそうに膨《ふく》らんでいたので、皆は驚いた。山田君は、

「みんなが受け損ねた餅を拾った方がええんじゃ。上より下を見た方がええんよ」

と、作戦を明かした。

「山田は頭がいいなあ」

と、皆は感心した。太郎は彼の二学期の通知表をちらっと見たが、自分の成績は恥ずかしくて見せられなかった。太郎の成績も疎開してからは改善している。算数や国語では皆に引けを取らないが、教科によってむらがあった。教えられても納得できないことは頭に入らない。話す先生の意図通りに太郎の頭は働かない。勝手に広がる太郎の想像やこだわりが、先生の話の進行から落ちこぼれさせる。太郎には我慢強く先生の話を聞ける山田君がお兄ちゃんに見える時がある。

最後に、おみくじの抽選があった。回る円盤に厄年男《やくどし》が吹き矢で射当てた数字が当選番号

となる。正志だけが三等を当てた。賞品は藁でつながれた五〜六十個の干し柿である。太郎は、正志の機嫌がすっかり良くなったことを喜んだ。

「僕の家で干し柿食べて、みんなで遊ぼうに」

と、太郎は友達三人を誘い家に帰った。玄関へ入ると歌が聞こえた。

♪あんたがたどこさ　ひごさ　ひごどこさ　くまもとさ
　くまもとどこさ　せんばさ　せんばやまにはたぬきがおってさ
　それをりょうしがてっぽでうってさ……

先に帰った姉ちゃんは芳子や千鶴ちゃんとでこれを歌いながらお手玉遊びをしていた。

太郎たち五人が加わるとにぎやかになった。和子・正志・芳子も加えて、トランプ遊びに興じた。ババ抜き・七並べ・神経衰弱をやった。正志や芳子は負けてばかりで面白くないのか仲間から外れてしまう。正志は芳子と千鶴ちゃんを双六に誘って、三人はサイコロを振りだした。

神経衰弱で一番多く札を取るのは山田君だ。記憶力の良い和子でさえ彼には及ばなかった。明るくにぎやかに盛り上がるのは太郎や三宅君・松井君であったが、山田君はおっとりと静かである。しかし、集中力や記憶力でも彼は強い。

太郎は三宅君・山田君などをたびたび家に誘って遊んだ。名古屋の家は部屋数が多いので問題はなかったが、狭い疎開家では困る時もあった。しかし由紀は、「人に声を掛けることが大事だ。声を掛ける人になれ」と、自分の母親から教わってきた。太郎の気性《きしょう》を悪いことではないと我慢した。

ＧＨＱからの「日の丸」公式掲揚禁止命令があり、この正月は各門ごとの掲揚も激減した。

♪1　年のはじめの　ためしとて
終わりなき世の　めでたさを
松竹《まつたけ》たてて　門《かど》ごとに
祝《いお》う今日《きょう》こそ　たのしけれ

2　初日《はつひ》のひかり　さしいでて
四方《よも》にかがやく　けさの空
君がみかげに　たぐえつつ
仰ぎ見るこそ　尊とけれ

この歌も聞こえてこない。例年元旦にはこの歌がラジオや子どもの口から聞こえてきたものである。意味はわからなくても子供の心には正月のおごそかさや楽しさが広がり、由紀は大人になってもこの歌が好きだった。この国のゆかしき歳月《としつき》に繋《つな》がる生《せい》を得て、この地や人の縁に囲まれて暮らせるそこはかとなき心の安らぎを感じてきた。子どもたちはこの元旦に学校へ登校したが式で君が代を歌ったのだろうか？　めっきり君が代も聞こえてこない。由紀はこれらが聞こえてこないと正月気分にはなれなかった。味気ない正月を送った子どもたちをかわいそうに思った。

今日は子どもたちを好きなように遊ばせておこうと思った。

由紀は、散らし寿司とぜんざいを作って振舞った。

「あっ！　干し柿も入れたの？　おいしいね」

太郎が気づいて言うと、由紀は、

「そうよ。山田君から頂いた卵と、マサちゃんが当てた干し柿だよ」

卵焼きと干し柿を刻んで散らした寿司には皆大喜びだった。酢飯《すめし》の砂糖を節約して甘味を干し柿で補ったのである。ぜんざいには砂糖の補強に、人工甘味料を加えたが、子どもたちは気づかずに喜んだ。撒き餅は火鉢でにぎやかに焼いてぜんざいに加えた。

食べ終わると、皆で「いろはかるた」を始めた。かるたを広げると節子が涎《よだれ》を垂らしながら這って来てかるたをつかんで投げたり散らしたりする。和子は節子を背に負ぶってかるたを読んだ。

その間に、由紀は山田君のお母さん宛ての手紙を書いた。


新年おめでとうございます。今日は貴重な卵や野菜をありがとうございます。乳児から五年生までの五人の子育てに、配給だけではひもじい毎日ですから、大変助かります。今日は山田君の他にもお友達が集まってにぎやかに遊んでくれました。学校ではしょっちゅう山田君から卵焼きを頂いて喜んでいます。これもお母さまのお心遣いということが分かります。名古屋から持ってきた石鹸ですが、お使いいただければ幸いです。母親だけの疎開暮らしです。太郎には山田君が一番頼りになるお友達です。三月にはこちらを引き上げようと思っています。良いお年になりますようお祈り申し上げます。かしこ

一月六日

太郎母

山田君お母さま

由紀は、石鹸五個と賞品の干し柿の一部を手紙に添えて山田君に渡した。太郎が山田君に「来いよ」と一声かけたお陰で、心遣いのできるよい方とご縁のできたことがうれしかった。

十六　泣いた赤鬼

節分である。残雪が路傍に光っている。家々に灯《あか》りがともりだした。

「鬼はー外、福はー内」

子供たちの掛け声で家の中は賑やかである。隣家の千鶴ちゃんもおかめのお面を持って加わった。三年生の太郎は赤鬼のお面を学校で作って持ち帰っていた。

太郎がそのお面をつけると、

「鬼はー外」

と、皆で豆を投げつける。太郎が新聞を丸めた棒を振り、四股《しこ》を踏むと、五年生の和子が
「鬼さーん、こちら」と、相手になる。

鬼の太郎が姉ちゃんに襲い掛かる振りをする。

「こわーい」

姉ちゃんが肘を曲げて顔を隠し、しゃがみ込み、恐怖におののく振りをする。一年生の正志と四歳の芳子は真剣になって、

「この悪い鬼め、出ていけ」

太郎の赤鬼を追い回して豆を投げつける。

「助けてくれー」

逃げ回りながら太郎は台所のすみに身をひそめる。

太郎は、芳子や正志の興奮ぶりに演技の手ごたえを感じた。調子に乗って正志や芳子に何度も襲い掛かろうとする。

「キャーッ」とも「キャーキャー」とも言い、豆を投げながら逃げ回る。節子も皆の動きを見て、

「アデャ　アデャー」

涎《よだれ》を垂らしながら盛んに這いまわる。

太郎の鬼は、

「この子を貰っていこうかな」

節子を捕まえようとする。芳子は、

「だめ！」

両手を広げ、顔を真っ赤にして鬼に立ちはだかる。その気迫に誘われるように正志は鬼の

腰にタックルする。おかめ面を被った千鶴ちゃんまでも豆を鬼に投げつける。赤鬼が、

「参った、降参だ」

鬼ヶ島を攻められた鬼のように両手をついて謝ると、

「もう悪い事しないか」

桃太郎気取りの正志が威張《いば》る。

太郎は正志との阿吽《あうん》で自身の演技に自信を強める。嫌われ役を引き受けたつもりでやっているうちに弟や妹、千鶴ちゃんまでも真剣になるので張り合いを感じる。節子は鬼の面が近づいても、怖くないとみえて、腕を伸ばしてお面に触ろうとする。

由紀は、興奮がピークとみて、制止を仕掛ける。

「赤鬼さん、ご苦労さん。お面を節っちゃんに持たせてあげなさい」と言う。

「アデャちゃんは、鬼を怖がらないね」

と言いながら、太郎は面を外して節子に持たせる。節子の愛称は「アデャちゃん」である。節子はそれを貰うと、手で振り回した後、腕を伸ばして芳子に渡そうとする。芳子にお面をつけて見せてほしいということらしい。芳子はその面を顔につけて、節子に向かって、

「鬼だぞー」

と、顔を寄せる。節子は、

「ククク ッ」

と歓声を発しながらお面に手をかけると、芳子の顔から面を外してしまう。

「アデャちゃんはすごい！　怖がらない」

皆で手を叩く。節子は手にした面を、芳子にもう一度つけよと差し出す。

今度は、千鶴ちゃんがおかめ面をつけて、

「おかめだよ、お多福だよ」

節子はこれにも手をかけて面を奪ってしまい、千鶴ちゃんにそれを差し出して、繰り返しを要求する。千鶴ちゃんは、お面をつけて「おかめだよ」、面を外して、

「いない、いない、ばあー」をする。

節子が喜ぶので、繰り返す。正志も赤鬼の面を借りて、

「鬼だぞー」、面を外しては「ばあー」

を繰り返す。アデャちゃんからの繰り返しのおねだりは切りがない。

千鶴ちゃんが、

「節ちゃんカワイイ！　天使みたい」

母親が、

「ありがとう、千鶴ちゃん。でも千鶴ちゃんだってヨッコだって姉ちゃんだって天使だったんだよ。羽根《はね》はなくても天使だったんだよ。千鶴ちゃん、お母さんに聞いてごらん」

すると、正志が、

「これが天使かあ？　それならアデャちゃんはよだれ天使だ！」

皆は大笑いした。太郎が、

「マサちゃんの天使は、はなたれ天使だ」

太郎は最初「寝しょんべ天使」を思いついたが、これは正志を傷つけると思い、「はなたれ」と言ったのだ。それでも正志は怒って、

「僕は赤ん坊じゃあない！」

と言い返す。よせばいいのに、太郎は、

「はなたれ天使！　はなたれ天使！」

と囃したので、正志は泣き出す。太郎が、

「嘘《うそ》泣き上手」と囃すので、正志はつかみかかる。

二人がもつれるのを、母親が制して、

「けんかしないの！　二人は喧嘩天使ですか？　そんなの二人とも『鬼はー外』だね」

また皆は笑った。

太郎は主役を演じられたことで、少し偉くなったような気がした。同級の千鶴ちゃんを招いたのは自分である。千鶴ちゃんも学校で作ったおかめ面を持って来てくれた。

ふと、おかめ面の千鶴ちゃんに役がないのはおかしいと気付いた。

「節分豆まきに僕だけ豆を投げつけられる、おかめが居るのはどうして？」

太郎が言うと、和子が、

「福はー内の、福だよ。幸せを家の中へ呼ぶんよ」

母親は、太郎の疑問に一理あると感じた。一般では、和子の答え方で正解だろう。和子の発言にも同意してやる必要はある。

「姉ちゃんの言う通りだね」

と、和子に相槌を打った。

太郎は分かり切った答えを求めたのではない。姉の答に、母親まで安易に賛同するのを聞くと、太郎は面白くない。それが引き金になって、自分の疑問の正当性を一層強く意識する。

「そんなことは知ってる！　僕は鬼の面をかぶって豆を投げつけられたが、千鶴ちゃんはおかめの面をつけていただけだよ」

むきになると、少し声に涙がからんだ。

皆が先に、鬼に豆を投げつけて懲《こ》らしめているだけに、おかめに「福はー内」と豆を投げつけるわけにはいかない。いったい何の役があっておかめは豆まきの場に登場するのか？それが太郎に納得がいかない。おかめは単なる福の縁起物なのだろうが、由紀は答えに窮した。

考えてみたら、鬼の面があって太郎がそれをかぶり、鬼役を演じたから、問題が発生したわけである。本来は太郎も一緒になって皆で豆を投げ、見えない鬼を戸外へ追い出せばいい行事である。「鬼はー外、福はー内」と言って、仮想の鬼を追い出し、仮想の福を招き入れる行事なのだ。家族の中に鬼役を作ったから変な話になったのだ。そう思い付いた由紀は、

「千鶴ちゃんが来てくれて、みんなで楽しかったね。おかめはお多福ともいうのだよ。福の神なのよ。幸せの神。おかめの千鶴ちゃんは福の神。太郎も鬼の面をはずせばもう鬼じゃないよ。みんなで鬼は追い払ったのだよ」

居心地を悪くしていた千鶴ちゃんの頬に明るさが戻った。

由紀は、

「その福の神を招いたのは誰でしょう？」

と、太郎に顔を向けた。太郎はにこりとして自分を指《ゆび》さしてから、首を傾け、口をとがらせて照れ隠しのひょっとこ顔をする。太郎のいつものひょうきん顔である。

千鶴ちゃんはもうはっきりと嬉しくなってしまって、

「そうよ、タロちゃんが呼んでくれたから来たんよ」

「千鶴ちゃん、よく来てくれたわね。千鶴ちゃんも皆で豆まきしたかったのね」

母親は膝を折り自身の顔を千鶴ちゃんの目線に合わせた。千鶴ちゃんはこくりと相槌を打ち、

「タロちゃん、豆ぶつけてごめんネ。タロちゃん、ありがとう」と言った。

太郎はきまり悪そうに、節子にひょっとこ顔を向けて、「バァー」をした。

母親は、変な納得だとは思ったが、これで太郎もすっきりしたようで、嬉しくなった。「福を呼んだのは太郎」という自負を太郎に持たせられたとしたら、成功である。理屈はどうでもいい。太郎が鬼役をやって盛り上がった。千鶴ちゃんも加わって豆まきが盛り上がった。ひとりっ子の千鶴ちゃんを喜ばせることにもなったとなれば、太郎にとっては、二倍の喜びだろう。家を継ぐ長男としての自負を持たせてやりたいというのはかねてからの由紀の願いである。

由紀は、

「さあ、鬼を追い出して、福を家に招きました。もうじき春になるのだよ。丈夫に暮らせるように、自分の歳の数だけ豆を拾って食べましょう」と呼びかけた。

作っておいた恵方巻を皆で食べた。花瓶に生けた枝に一輪の梅が開きかけている。

三月には、この子たちと共に、疎開地を離れたい。母親の突き上げてくる春への願望である。

十七　姉ちゃんの病気

雛祭りの晩から、和子の症状がはっきり現れた。隣の坂さんのお招きを受けて太郎一家は子ども達で雛祭りに加わった。十か月になる節子はつかまり立ちができるようになったし、這い廻りも速くなったので、目が離せない。雛壇の人形に手をかけようとするのを、和子が急いで抱き留めた。芳子は千鶴ちゃんと一緒に雛祭りの歌を歌った。

♪あかりをつけましょ　ぼんぼりに
お花をあげましょ　桃の花
五人ばやしの　笛太鼓
今日はたのしい　ひなまつり

そして、芳子は、
「五人ばやしってなに?」

和子が、

「この五人だよ。そして、これがお内裏様《だいり》」

芳子は、

「お雛様きれい！　うちにもお雛様ほしい！」と言った。

その日、和子は体がだるくてものを言うのもおっくうだったが、

「名古屋の家にもあったでしょ、帰ればあるんだよ」と諭した。

それでも不満そうな芳子に、千鶴ちゃんの母親は、

「そうよ、芳子ちゃんたちのお雛様は今のお家に持って来られなかったの。だから、千鶴子のお雛様で一緒にお雛祭りするの。みんな一緒で楽しいでしょ」

さらに、千鶴ちゃんに顔を向けて、

「芳子ちゃんたちが来てくれて嬉しいよね」と言った。

「うん、嬉しい。それに、節ちゃんも一緒！」

千鶴ちゃんは相槌を打ち、節子に頬ずりする。太郎宅から持ち寄ったあられや甘酒と、坂さん宅のちらし寿司で雛祭りの夕餉《ゆうげ》を楽しんだ。

和子はその時ちらし寿司に食欲を示さなかった。

和子は家に帰った夜半から頭痛とともに三十八度の熱を出した。

翌朝、近くの医院で診てもらった。

「風邪のようだから、静かに寝させなさい。熱が高ければ飲ませなさい」

医師は解熱剤を出した。

しかし翌日になっても発熱が続く。夜中に、高熱でぴくっと痙攣《けいれん》が起きた。母親は怖くなる。朝になるのが待ち遠しい。粥をすする元気もない。おかしい、普通の風邪ではない。

「困ったわ」

早朝から、母親はおろおろする。

「姉ちゃんの熱は下がらないの？」

太郎もやはり心配だ。

母親は朝いちばんで診察を受けようと決めた。太郎と正志を学校へ送り出して、節子に授乳していると、

「お母ちゃん、お医者さんへ早く行こうよ」

芳子も心配する。

「行こう、行こう、ョッコさんはお留守番できる？」

「一緒について行く、ョッコも行く」

「だめ、ョッコは家で節っちゃんを看《み》ていてちょうだい。隣の坂さんの奥さんにお願いして、ここへ来ていただくからネ」

さらに、

「ヨッコさん、節っちゃんが火鉢に近づかないように看《み》ててね」と頼んだ。

母親は、つかまり立ちを覚えた節子のことが気にかかる。芳子はこんな年頃に火鉢に手を突っ込んで大やけどをしている。整形の甲斐なく芳子の右手は小指が曲がった奇形となっている。

坂さんの奥さんはすぐに来てくれた。坂さんにも節子のことは念を押して頼んだ。母親は和子を乳母車に乗せて医院へ行き、一番で診察を受けた。

医師は和子の胸部に薄いバラ色の発疹を見つけて、チフスに疑いないと診《み》た。

「小さいお子さん達は大丈夫ですか？」

医師はこの母親には乳飲み子もいて、五人の幼い子をひとりで育てていることと、疎開者だということを知っている。母親が倒れたら一家は大変な事になると思った。終戦後、国内ではチフスや日本脳炎が流行している。海外から復員兵や満州帰りが病気を運んで帰る。栄養状態が悪い。家庭の燃料も乏しいから毎日風呂を沸かせられない。配給品の石鹸が出回らない。女の子の頭髪には虱が発生しやすい。感染症にかかりやすい。

「保健所に連絡します。この子を早く迎えに来るよう要請します。隔離病院へ移すことになるでしょう。安静にして待っていて下さい」

母親はチフスと聞いて動顛《どうてん》した。こともあろうに家族が恐ろしい病魔に襲われるとは！

子供たちへの感染が恐怖である。

「家族はどうしたらいいのですか？」

「部屋を別にして、病人には近づけないように。病人の着たものや夜具は別にして置いて、早いうちに熱湯で洗ってください」

医師は手洗いなど感染防止の心得を指示した。

母親は目の前が真っ暗になった。三月末の終業式が済んだらこの田舎町を引き上げるつもりでいた矢先である。第一子を幼い時に亡くしている。『魔王』（シューベルト歌曲）がまたも現れて和子を奪いに来た恐怖に襲われた。子どもの高い発熱は怖い。この期《ご》に及んで「和子まで失ってなるものか！」と、怯《おび》える自身を叱咤《しった》した。

＊

保健所から職員がおんぼろ自動車で迎えに来た。母親も和子に付き添ってそれに乗った。三キロほど川上にある療養所に運ばれた。そこで感染確認されれば、三週間ほどは隔離病棟に入ることになる。一旦家に戻った母親は隣の坂さんに三人の子どものことを頼み、すぐに、乳母車に衣類や食器や自炊鍋を積み込み、節子を背負って療養所へ向かった。節子は離乳がまだ完全にできていない。節子と共に療養所の看護婦棟に寝泊まりすることになった。

保健所は念のため住いを消毒していった。

チフスの診断に間違いはなかった。母親は和子以外の家族に感染していないことに胸をなでおろした。しかし、発症していないだけで予断は許されない。心配と疲れで頭が混乱して気が遠くなりそうである。義之の実家への連絡は坂さんのご主人が引き受けてくれた。すぐに堤さんが太郎たちのところへ駆けつけた。太郎たちの父親にも電報が打たれた。

父親が駆け付けるまでは堤さんが一緒に寝泊まりして三人の世話をしてくれる。去年の秋に堤夫妻にも初の子が生まれている。そこへ太郎たちを預けるわけにはいかない。堤さんは船乗りだけに衛生管理のことは心得ているから頼もしい。手洗いや、うがいを厳しく手ほどきする。

父親・義之は電報に驚いて駆けつけた。療養所にいる母親と和子を見舞った義之は、実家やお隣に家族のことを頼んで回った。学校へ赴き、二人の男児は修了式を待たずに転出できるように申請した。三人の子は急遽《きゅうきょ》、疎開地から名古屋へ返すことになる。義之は子供たちの衣服等を梱包《こんぽう》して名古屋へ向けて発送の準備をした。

疎開地での最後の二晩を父親と枕を並べて子供たちは寝る。

「グスン、グスン、お母ちゃーん。……姉ちゃーん」

芳子は布団に入ると淋しくなって泣く。

「よし、よし、お父ちゃんがいるよ」

父親は芳子の頭をなで、布団を軽く叩く。

太郎は、一緒に寝ている正志も布団に顔を埋めて、

「グスン、グスン、お母ちゃーん」

と、やっているのに気付く。太郎もつられて泣きたくなるが、

「父ちゃんも兄ちゃんもついている、泣くな」

と、から元気を出した。

太郎と正志の二人はいつも一つ布団で寝ている。寝しなに、二人はとりとめのない話を交わしあいながら寝入っていくのが常であった。太郎は正志に今日の学校のことを話した。

「山田君がお別れの印《しるし》に帳面をくれた」

と言うと、正志は、

「小使いのフクちゃんが独楽《こま》をくれた」

と嬉しそうに話した。

「マサちゃんも投げまわしができるようになるといいね」

「あれは鉄独楽でないとできないよ。投げて缶の蓋《ふた》で受けることはできるよ」

「独楽を投げた右手でも受けることができるか？」

「まだ、難しい。左手なら受けることができるが」

「明日は、皆と最後のお別れだから、皆になんと挨拶しようかなあ」

「僕も挨拶するの？」

「先生が、あいさつしなさいと言えばね」

「どう言えばいいの？」

「そうだなあ、思ったことを言えばいいんだ」

「『みんなと勉強できて良かった、さようなら』でいいの？」

「嘘だろ！『皆と遊べて良かった』だろ？」

と、太郎は正志の脇をつついた。

「『ありがとう』も言わなきゃだめだよ」

と、教えた後、

「そうだ！　練習に一度言ってみろ」

正志は、しばらくして、

「みんなと勉強できて良かったです。ありがとう。さようなら」

「やっぱり『勉強できて』がいいんだなあ。まあいいか。そうだ！『先生ありがとう』も入れた方がいいよ」

お兄ちゃんぶりを発揮すると、

「『先生ありがとう、皆さんさようなら』なら幼稚園みたいだ」

と、正志は笑った。

正志は幼稚園のことを思い出したのだ。幼稚園の毎日の帰りの挨拶はオルガンに合わせて、

♪今日のお稽古済みました。皆連れ立って帰りましょ、

先生お稽古ありがとう、皆さんごきげんようさようならを歌うのだ。それが浮かんでくるらしい。

「あした、山田君に僕の宝物の鉄独楽《ごま》をやってしまおうかなあ」

太郎が言った時は、もう正志の返事はなかった。寝入ったのだ。

太郎は正志と話を続けたくても、大抵は正志に先に寝入られて、淋しく取り残されるようにして眠りに入る。

母親からの言伝《ことづて》で、太郎は隣の千鶴ちゃんに和子の刺繍《ししゅう》セットを渡すようにと聞いていた。出発の前日、下校後、兄弟そろって千鶴ちゃんのお宅へ行ってお別れのご挨拶をした。

芳子は泣いた。千鶴ちゃんは芳子の手を握り、「元気でね」と励まし、

「タロちゃんの朗読がもう聞かれん」と、涙声で言った。

太郎は嬉しかったが、どう応じて良いのか分からなくて、泣いている芳子を引いて帰った。

三人は小林婆さんも訪ねた。婆さんは芳子を抱きしめて、

「よく来てくれたのう。いい子じゃ、いい子じゃ」と頬ずりした。

それから正志を抱えて頭を撫でた。太郎に向かって、

「名古屋でおもちゃでも買いんさい」と、金封を渡した。

＊

気がかりな三人の子どもたちの引き揚げ準備が父親の手で終わったと聞くと、母親はようやく落ち着くことできた。母親は太郎たち三人を見送ってやることもできない。引き裂かれるようにして遠く離れて暮らすことになる。

「カアチャーン　カアチャーン」

暗い川を流されていく小舟から声がする。

自分の舟はいくら漕いでも進まない。

「カアチャーン　カアチャーン」

霞む舟べりから幼い三人が身をのり出している。

自分の舟は渦に巻かれて進まない。

「あっ！　芳子が水に落ちる！　太郎！　正志！　危ない！」

由紀は声が出なくて、もがいた。節子の泣き声で目が覚めた。鴎外『山椒大夫《さんしょうだゆう》』の、安寿《あんじゅ》と厨子王《ずしおう》から引き裂かれる母親のような夢を見たのだ。列車の長旅に子供たちは耐えられるだろうか。父親一人では仕事と子の世話は出来ない。炊事洗濯を託せる人がうまく見つかるだろうかと、心配である。別暮らしがいつ終わるものか分からない。

療養所の看護婦部屋をあてがわれた由紀は、病室に行っては和子を励ました。由紀は節子と寝起きを共にしての看病である。別室自炊の日々である。こわい伝染病だから和子の世話は無闇に手出しできない。食事時などに病室で配膳の手伝いをする。回診で立ち会う。午前と午後の一度ずつは病室へ行き和子の話相手をしながら看病する。あとは医師と看護婦に任せるしかない。入院して四日過ぎると、幸い高熱は治まり、危機は脱したようだ。大船に乗った安心が得られた。

節子が眠ってくれるとひと休みできる。乳児の寝顔ほど可愛く美しいものはない。この世にあって至高の天恵であり、母性の充実である。この頃「あーあー」と、しきりに母親に呼びかけるようになった。つかまり立ちを覚えた節子の発達と愛くるしさに癒される。この天恵に寄り添い堪能《たんのう》できる時間を与えられるとは！　自由のきかない看病空間故《ゆえ》の、皮肉な僥《ぎょう》倖《こう》である。世事の煩《わずら》いを知らぬ子どもたち兄弟は節子を囲んで無心にこの喜びを享受して来た筈《はず》である。子どもたちの情操には兄弟のある環境は悪くなかろうと、由紀は思った。

ひと昔前になる。第一子・浩子《ひろこ》の一歳の誕生を祝い、自慢の手編みのニットを着せて写真館へ出かけた。浩子をその二か月後に失った。可愛い盛りの浩子を今の節子を眺めるようにして過ごせた幸せはわずか一巡《ひとめぐ》りの四季であった。食も喉を通さなかった。悲しみに究極があるとすればこの時であろう。やがて、第二子の和子に転生して愛しきものは甦《よみがえ》り、悲しみは癒《いや》された。その和子をここで失うわけにはいかない。続いて太郎、正志、芳子とほぼ二年間隔で、そして少し間が空いて節子を授かった。子育てに自身の身づくろいさえままならぬ明け暮れであった。悲喜は隙《すき》を与えず生活に起伏と波瀾を与えた。それは、空襲や疎開も含めて自分たちだけに及ぶ特別のものではないとして暮らしてきた。

遠くから子ども独特の甲高《かんだか》い声が聞こえると、思わず外へ出て子どもの姿を探した。子どもの声を身近に毎日接していると、喧嘩の声に耐えられないこともあるが、やはり遊ぶ子どもたちの元気な声のない世界は淋しい。

ひとときの余閑《よかん》である。手が空《あ》くと、毛糸の残りで子供のソックスを編んだ。

十八 「春の海」

暮れなずむ遠山の天辺がまだ陽を浴びて明るい春の夕暮れ、自室に帰って節子に授乳し寝かしつけると、由紀は自分までうとうとし出した。

「ごめんくださーい」

知らない女の声で目が覚めた。声の人は野良着に手ぬぐいをあねさん被《かぶ》りしたおばさんである。行商の荷らしい竹籠を背にしている。親しみやすそうな日焼けの笑顔であるが、面識はない。

「山田哲也《てつや》の母親です」

「まあ、山田さん！　どうしてここへ？」

世間から離れていると人恋しい。そこへ、哲也君のお母さんとは思いがけなくも嬉しい。

「哲也から、お嬢さんがこちらへ入院と聞きましたので、お見舞いにお伺いしました」

と、卵とねぎを差し出した。そして、

「これは夕食代わりに召し上がり下さい」と、小さな包みを加えた。

「ありがとうございます。自炊しながらの看病ですから、助かります」

「実は、哲也の姉が、以前こちらに入院していました」

「あら！　存じませんでした。今はお元気ですか？」

「しばらくは体に無理をさせないようにしています」

この療養所は結核の隔離病院である。戦時下、結核患者は青少年に多く出た。和子が入院している付属した小病棟にはチフス等結核以外の感染病患者が収容されている。

乳飲み子を抱えて買い物もままならぬ身には地獄に仏の有難さであった。卵は行商の商品の筈である。狂乱のインフレ物価で食材も容易には手に入らない。新円切り替えの時節で、通貨には信頼がなくなっていた。山田さんには相応の代金を受け取っていただきたいと、

「行商をなさっておられるんですね。商品ですからお代をお受け取り下さい」

「今回は、お見舞いですから頂けません。また四～五日したら野菜などを運びます。その時にはお買い求め下さい。お希望のものをお聞きしておきましょう」

由紀は、いつか別の形でお礼をしたいと決めた。

太郎と哲也君との交友から、心遣いのできる立派なお母さんだと想像してきた。突然のお見舞いを得て、想像を超えた気配りに感動した。お子さんは四人、高等科二年生のご長女が

以前ここに入院していたのだ。由紀は、山田さんとは自分と年齢にあまり差がないと思った。自分の第一子が生きていたら山田さんの長女と同じぐらいの歳になる。山田さんはご主人が居ないご家族だと聞いている。ご主人とは死別なのか生別なのか、相手が話さなければ聞くことではないと思ってきた。哲也君のお母さんを随分気丈夫な人だと感心した。

「こんな田舎の疎開暮らしは大変でしょう。奥さんお一人で、乳飲み子まで抱えて……私も女手ひとつで四人の子を育てていますから、ご苦労はお察しできます」

「哲也君はしっかりした坊ちゃんですね」

「哲也は末っ子ですが、兄や姉に習って鶏の世話や畑仕事をやってくれます。鍬を執っても薪を割らせても一人前に近い仕事ができるので、かわいそうだがやらせています」

「お実家にお住まいですか？」

「実家の離れと言っても納屋《なや》のようなものを住まいにしています。兄たち家族が母屋にいます。実家から少し畑を借りて野菜などを作っています」

「哲也君が正月休みに遊びに来て下さったが、あの時も卵などお心遣《こころづか》いいただきました。太郎が学校でいつも卵焼きのおすそ分けをいただけたのは、哲也君のお母さんのお心遣いだと察しておりました。今日またこうしてお見舞いをいただきました」

「お正月は石鹸をいただき、助かりました。哲也から聞いてお宅のご苦労はお察ししておりました。お嬢さんのチフスには驚かれたでしょう。病状はいかがですか？」

「ありがとうございます。入院しても二日ほどは高熱でうなされるので、見るのもつらい事でした。赤子を連れていますから、病人に付きっきりは出来ません。夜は看護婦さんにお願いするより仕方がありませんが、私は眠ることができずに、赤子を背にして病室の前をうろうろしました。今は熱も引いてきました。後は養生ということです」

哲也君が相撲に強いことを太郎が感心していたが、その謎も解けた。哲也君は家族労働についていては太郎に話していなかったようだ。分別も体力も太郎とは格段の違いが出て当然である。太郎からは、哲也君と文通を誓ったと聞いている。由紀は、太郎が良い友を得て良かったと思った。

山田さんが帰った後で頂いた葉蘭《はらん》の包みを開くと、大きないなり寿司が五個入っている。普通のものより二倍大きな油揚げに五目飯が詰められて珍しかった。世の中にはこんな心遣いのできる人がいる。由紀は胸が熱くなり、口に運ぶいなり寿司に涙が落ちた。太郎と哲也君の友情が取り持つご縁の有難さである。

その後山田さんは退院までに二度食材を運んでくれた。

＊

しばらくして現れたもう一人の見舞客に母親は驚いた。

「どうして知らせてくれなかったの？　水くさいのう。大変だっただろうがな。坂さんに聞いてびっくりしてしもうた」

小林婆さんが来てくれたのである。

「私の方こそびっくりですよ。こんな遠くまでよくもまあお出で下さった」

「和ちゃんは具合どんなんや？」

「ありがとう。もう大丈夫です。小林さん、嬉しいけど、ひとりでこんな遠くまで来ないで下さいよ。坂さんには黙っていてほしいとお願いしましたのに」

「なーに、観音巡りで歩くのは慣れとるけえ。これは、坂さんから託された卵、これは私からのお見舞い」

背負ってきた荷を解いた。卵やほうれん草は嬉しかった。梅干しや米まであった。都会では米の配給が遅配・減配・欠配で芋やトウモロコシ飯や水団《すいとん》などの代用食が多いと聞いている。終戦の年は近年にない米の大減収であった。九月に襲った枕崎台風は広島など広い範囲で稲田に浸水被害を及ぼした。東北の冷害と徴兵・徴用の耕作者減によるものでもあった。復員者で国内人口が急増したことも、鉄道・トラックなどの損傷で大きく物流が麻痺していたことも食糧難に拍車をかけた。幸いなことに、この地方には台風被害も軽微で冷害の影響はなかった。田舎町では農家から直接的に融通がつき、米に窮することはない。堤さんに頼めば何とかなった。それでも、小林婆さんの親身な心遣いがうれしい。

この時代は旅をする者は、旅館では代金のほかに携行の米を出さなければ泊まれなかった。米は紙幣よりも信頼できた。言わば米本位制である。米さえ手にあれば大抵のものをそれに変えられた。公定価格でさえ米は去年の暮れから今年の三月までに三倍の値上がりである。売り惜しみする農家や、闇値を吊り上げようとする悪徳商人が横行した。大都市では現金の代わりに箪笥《たんす》の衣類を持ち出してそれと交換にヤミ米などを手にしようとした。ヤミ米や薩摩芋を求めるために満員列車で近郊農家へ繰り出す多くの人が出た。この田舎町は大都市からは辺鄙《へんぴ》なので、買い出しの担《かつ》ぎ屋を見かけることはなく、見た目には平穏である。

「まあ、こんなにたくさん！　重かったでしょうに」

「なあにわしら百姓はこれぐれえの物は軽いけに（軽いから）。ほかに欲しいものはないのかのう」

「お婆ちゃん、十分です。もう来ないでください」

「なあに、節ちゃんも見とうて来たんじゃ」

と、節子を抱き上げた。

「ああ、ええ子だ。もう這《は》い這いは卒業して、つかまり立ちができるんじゃのう。可愛い歯が生え出しているわい。おーおー、笑った、かわいいのう」

由紀はこらえきれずに嗚咽《おえつ》した。自分の実老母が孫を抱く姿と重なった。

「お婆ちゃんのお陰で、節子はもう十か月になります。本当にありがとう」

小林婆さんは和子の病室を見舞うと、帰って行った。

婆さんが消えてひとりになると、由紀は人気のない安心から声を出して泣いた。節子のお産から見てきてくれた人の眼差しは他人のものではない。自分の老母は元気だろうか、疎開したなり、会えない孫たちの顔を見たがっていることだろう。名古屋へ戻ったら、老いた母を訪ねて一緒にお茶を飲みたいと思った。

＊

庭へ出て物干し場の脇を見ると土筆《つくし》が群がっていた。由紀は、前から出ていたはずなのに今ごろになって気づいた自分がおかしかった。三本ほど採って和子に見せた。

「土筆の卵とじを食べたい」

「いいね、母ちゃんも食べたいね。お医者さんの許しが出たら作って一緒に食べようね」

和子のからだ拭きを許された。昼食前の、病室が温まったころにやってやる。湧かした湯を洗面器に移しタオルに浸しては拭く。顔から足まで素早く拭いてやる。腕も脚も細くなってしまった。背を拭こうと体を横にさせると、和子の腰が細くくびれてしまっている。母親に優しく擦られている安心感で、和子は母親に話しかける。会えなくなった弟や妹のことが気になるようだ。

「ヨッコたちは、どうしてる？」

「太郎たちは小学校へ行くのを楽しみにしているよ」

「タロちゃん今度は四年生、マサちゃん二年生になるんだね」

「そうね、和ちゃん今度は六年生だよね」

「ヨッコは幼稚園だよね」

　由紀は、病床にありながら弟や妹を思う和子のけなげさに、こみ上げてくるものを感じた。

「ヨッコの入園、お父ちゃんに手続きお願いしなくっちゃ」

「六年生の始業式に行けるだろうか」

「大丈夫だよ、間に合うよ。だいぶ元気になったもの」

「早く治りたーい。小学校は焼けなかったの?」

「空襲で一部焼けたが、残っているそうだよ。仮設校舎を計画しているそうだよ。タロたちと三人一緒に学校へ通いたいね」

「治りたーい、早く治りたい、校門の桜を見たーい」

　言われてみれば小学校の校門には見事な桜があった。去年はその桜を見ないで疎開してしまった。何年も見慣れた懐かしい桜を、ひとり夜の病室で思い描いているのだろう。

　時々微熱が出るが、顔色が良くなってきた。症状が治まってもすぐに退院というわけにはいかない。検査を二度行って感染の恐れのないことが確認される必要がある。医師の見通しでは、あと十日もすれば退院できるということだ。胃腸が元気を取り戻し、食事が取れて体力がつけば自然に治るという。

　和子の病室へ行くときは、節子を背負子《しょいこ》帯で背負うことになる。つかまり立ちを始めた節子からは目が離せない。和子の体を拭くときも、和子の衣類を洗濯するときも背から離せない。なんでも口に咥《くわ》えたり、なめたりする節子には感染の危険がある。和子が節子に、

「かわいいね、節っちゃん」

と、言葉をかけてあやすのはいいけれども、節子の手に触れさせるわけにはいかない。由紀は、和子の病室から、自室に戻って節子を背から降ろすと、ほっとして畳に身を横たえ背筋を伸ばす。解放された節子は絵本の犬を指《さ》して、

「わわ、わわ」

と、それらしいことを言う。食べものには、

「うま、うま」

と、母親に呼びかける。おもちゃを振り回して遊ぶ。

その三日後からは、消化の良いものなら母親の作ったお菜を与えても良いことになった。母親の手料理だと和子の食が進むだろうとの医師の勧めでもあった。土筆の卵和えを作った。ほうれん草と豆腐の味噌汁や分葱《わけぎ》の味噌和えを作った。ついでに、それらを粥に混ぜて節子の離乳食にした。和子は身を起して、箸を使えるようになった。感染の危険は遠のいたようだ。

その数日後。

暖かい午前であった。病棟の庭に出ると、辛夷《こぶし》が白く揺れ、ヒヨドリが来てそれを啄《つい》ばみ

花びらを散らせていた。和子の体を拭き終えると、病室のラジオから筝曲が流れた。

「あっ！『春の海』だ」

と言って、和子は目をつむって耳を傾けた。懐かしい。和子も習って弾いている。由紀は、和子の掛布団をそっとかけ直した。そして、ガラス戸越しに麦畑の向こうの山なみを見た。

由紀は生まれ故郷の浜のきらめきを思い描く。少女の日に近くの屋敷から漏れ聞いた琴の音に、自分も習いたいと思った。叶わなかった琴への夢を娘に託した。和子はどんな情景を思い描いてこれを聴いているのだろう。

和子には幼稚園時から琴を習わせた。上達が早いねと先生に褒められると、稽古に励んだ。三弦も習わせた。助教免許を取れば教室を開くことができる。師匠にはそれなりの心遣いや演奏会支援もしてきた。

宮城道雄《みやぎみちお》の名曲は尺八と琴との合奏で絶妙となる。テンポと爪音《つまおと》の高まりが鎮まって、やがて『春の海』は出だしの曲調に戻り静かに引いていく。涙が和子の頬を濡らしている。

「お琴を弾きたい」

余韻に浸りながら、ポツンと口にした。

「帰ったらまた青山先生にお願いしてお稽古に通おうね」

検査結果は順調と出た。ほぼチフスから脱した。もう一度の検査をして安全が確認されれば退院できる。和子の食事も進むようになって、頬もふっくらとしてきた。先日、和子の髪洗いをしてやった。髪嵩《かみかさ》が増えている。髪は病気に関わりなく伸びている。伸びすぎておかっぱの前髪が眉にかかって、顔が暗くなる。今日は髪をカットしてやった。輪郭がきれいに出ると、和子の顔が見違えるように明るくなった。和子に手鏡を渡すと、

「さっぱりした。もう、病人じゃないね、この顔は」

「和子のおかっぱ頭はかわいいね。鋏《はさみ》を入れるときりっとしたね」

「私も、節ちゃんのように可愛かったの？」

「もちろん、何を着せても可愛くていい子だった。天使だったよ」

「ヨッコも可愛いよね。ヨッコはお母ちゃんが居ないので可哀そう。ヨッコは歌が上手だから名古屋へ帰ったら合唱団へ通わせるといいね」と、和子は芳子の才能を思っている。

「和子姉ちゃんが居なくて一番淋しいのはヨッコだろうね。あと二～三日で退院だよ。名古屋で皆が待ってるよ」

「私、みんなをばらばらにしてしまった。ごめんね、母ちゃん。節ちゃんもごめんね。弱い自分が悲しい。みんなはチフスにならないのに私だけが……、弱い私が口惜しい」

と、また涙した。

「みんなは姉ちゃんの大事さが分かったと思うよ。そして、みんな応援して、治るのを待っているよ」

由紀は自分の育て方を責められているように感じた。たしかに、家族でこの子だけがチフスにかかった。免疫力が弱いということかもしれない。正志や芳子は病気では苦労していない。和子の生まれる二年前に、第一子・浩子をはしかで亡くしている。和子には風邪をひかせないように真綿《まわた》でくるむように育てた。却って虚弱で神経質な子にしたのかもしれない。

和子は一番の年長として、太郎、正志、芳子、そして節子を迎えながら育ってきた。親の愛情を一身に受けてきた者が二歳や三歳からその座を重ね重ね奪われてきた。和子は癇《かん》が強いと言うほどではないが、神経質である。もう少し鷹揚《おうよう》さが欲しいと思ってきたが、和子には兄弟を思う優しいところがあると思った。長子としての自覚は窺える。

期待の長男・太郎が二歳の差で生まれてからが、幼い和子にとっては、訳も分からず最も強く疎外感を味わった日々ではなかっただろうか。長男だからと偏愛したつもりはないが、太郎も気管支が弱くて発熱することが多く、偏食がひどいので苦労した分、手がかかった。太郎はきかん坊である。姉の遊びを邪魔しては、姉を困らせる。喧嘩になれば、我慢を強いられる。正志・芳子が生まれると、お姉ちゃん役の荷が重なる。小学二年生の頃から芳子の世話も手伝わせた。和子がのびのびと育つ条件は狭《せば》まってきた。今では、赤子の節子の世話は手慣れたもので、おしめの交換や、離乳食与えもできる。疎開地では、炊事の手伝いもさせた。和子が節子の守りをしてくれるから針仕事もできた。

こういう年月が和子の健康や発達に負担となってきたのだろうか。

＊

由紀は夫の実家へ暇乞《いとまご》いのあらかじめご挨拶に出かけた。天気の良い日を選んで乳母車に節子を乗せて一里余の道を歩いた。ちょうどお彼岸に当たるので墓参りの花と饅頭を持参した。義之の実家の敷居は高い。この長い道程をひとりだけで歩けるものではない。しかし、乳母車の節子と眼を合わせ路傍のすみれやタンポポを摘んでは交歓できる。野良仕事のお婆さんが手を休めて乳母車に立つ節子を、「可愛い！」と言ってくれる。節子は誇らしい随伴者である。実家の家族にもう一つのお土産となる。

堤さんの妻の雅恵さんが生後四か月の男児を抱いて現れた。由紀が、

「まあかわいらしい」と言えば、雅恵さんは節子を見て、

「もう伝い歩きもできるのね」と言った。

節子のお七夜に義兄と雅恵さんとで来てもらったことがある。由紀も雅恵さんの子のお七夜に招かれている。

雅恵さんは抱いた赤子を節子に寄せた。節子は、

「ああ、ああ」と言いながら赤子に触れようとする。

由紀は雅恵さんと育児の共通話題で打ち解けられて、ほっとした。節子を畳に上げると喜々として這い廻る。義兄がその後ろを追いかけて節子が縁側から落ちないように見守ってくれる。這うように腰を曲げながら挨拶に出てきた八十歳余の義母は二人の子育て談を聞い

ていた。

　由紀は節子をそこに預けて義兄の案内で墓参りをした。墓は谷を見下ろす山腹の小高い雑木の薄暗い斜面にある。墓碑は耕作できる平地を遠慮するようにして置かれ村落を見守っている。ここに眠る長兄の仕送りで夫は中学へ通えたわけだと思い、花と線香をあげた。その長兄は満州に出て事業を成功させたということだ。こんな谷間の寒村の家を興そうと考えたのだろうか。三女を交えて四男・五男と続く兄弟たちの活路を開くために満州へ出張《でば》った長子がいて、その仕送りで義之らの学資が出たわけである。

　義兄の権平は煙管《きせる》に刻《きざ》み煙草《たばこ》の「のぞみ」を詰めてマッチを擦《す》ると、

「家を出て手に職をつけようと働いていたが、長兄が死亡して、やむなく引き戻されて後を継がされた」と、煙草の煙を吐きながら目を細めた。由紀が、

「人生の設計が狂ってしまったわけですね」と言うと、権平は、

「私の母は八人もの子を産み育てて苦労しているんじゃ」と言う。

　聞いてみると、義母・いねさんは自分の長女が子を産むとすぐに亡くなったのでその遺児を引き取って育てた。それが今いる養女の雅恵さんなのである。いねさんは九人の子の世話をしてきたことになる。田畑に出て農作業に従事しながらである。

「義之は都会に出て所帯が持てて良かった。末子《ばっし》の五男は、長兄が他家の跡取り娘を貰ったのと引き換えにその他家へ養子として出された。義之が福山の中学へ進学できたのも五男が

井原の興譲館を出て京都の大学に進めたのも長兄からの仕送りがあったからじゃ。雅恵が女学校へ進めたのもそのお陰なんよ。満州奉天で長兄が死んだ後、敗戦を迎えるとその妻子は奉天の財産すべてを捨てて引き揚げてきたが、帰国しても戻る場を失い苦労している」

と、義兄はたばこの灰を落として火を踏み消した。由紀は、

「ご家族兄弟のご苦労のお陰で私の夫があり、私たちがそれに連なって生かされているわけですね」と言った。

一旦家を出て職を身につけ、嫁を貰う直前に実家の跡取りを命じられ、家に引き戻された義兄である。義母のいねさんは隣村の庄屋の娘であったが、最初の婚家からの出戻りで川上家へ再婚して来た人であるとも聞かされた。先妻の子が四人いた川上家へ来て苦労した人である。由紀は、細かい事情を想像すれば、川上家の哀史の森を覗き見るようであったが、詮索はしなかった。

山腹の墓地から下りて戸口に戻ると、節子の嬉しそうな声が聞こえた。節子は義母と向き合ってお尻べったりに坐っていた。義母が転がすと起き上がりこぶしを節子が這って行って拾い、それを義母に渡している。義母がそれを右へ左へ振り分けて転がすと、節子は歓声を発しながら這ってそれを拾い、義母に渡す。義母は楽しそうに節子の喜ぶ繰り返しに応じている。義母が「それっ！」と言うのを、節子は真似て「それっ！」らしい声を発して笑い声をあげている。

由紀は微笑ましい祖母と孫との交歓の図を邪魔しないように眺めた。節子は嫁と姑の垣根を難なく越えている。こういう図は夫の義之が最も喜ぶ筈のものだ。今までこの機会を義母に提供できなかったことを残念に思った。

雅恵さんに引き止められて昼食をいただいた。義母の手作りの糠漬《ぬかづ》けを褒《ほ》めたら義母はうれしそうな顔をして、大根漬けを土産にくれた。

雅恵さんが女学校の夏休みに名古屋に来て泊まってくれたことがある。三つ編みがセーラー服によく似合う雅恵さんは華やかな声で快活によくしゃべる娘だった。水鉄砲で和子や太郎を遊んでくれた。雅恵さんが、井戸から冷やした西瓜を引き上げて子どもたちに切り分けてくれたことを思い出す。雅恵さんが田舎へ帰る時に一緒について和子はこの田舎に来たのだった。太郎もついて行くつもりだったが、体調を悪くしたので止められて泣いた。正志が二〜三歳の頃である。

日米開戦の前年に当たるその年は家業も順調で、まだ家族をとり巻く空気に余裕があった。女学生に勤労動員はなく、雅恵さんの溌剌《はつらつ》がそのまま受け入れられ、和子が雅恵さんについて田舎へ行ける日常があった。義之の書棚にヒットラーの『我が闘争』が並び、日独伊三国同盟が結ばれた。しかし、それは対米英敵視の旗幟《きし》を鮮明にしたことになるということが国民にはよく分かっていなかった。

十九　それぞれの再出発

太郎たちの列車は夕暮れの大阪にさしかかった。すし詰めの車内が次第に空《す》いてきた。高架を列車が走る時、一望千里は度重なる絨毯《じゅうたん》爆撃の焼け野原である。闇が降りると、半壊の煙突の林立とビルの廃屋が不気味な亡者《もうじゃ》の姿で立つ焼土の海原に灯りの帯が行き交う。大阪の鉄道網は復活しているようだ。かなたに阪神の電鉄が生き物のようにその海を静かに動いて行く。鉄道列車を見ることの好きな太郎は、闇の海を行く電車の窓灯りの細長い列に、復興の兆しを見るようにしてそのまま夜汽車の眠りにおちた。

名古屋駅に近づくと決まって目に入る名古屋城の天守閣は見つからなかった。反対方向の中村公園の大鳥居は薄い月の下に残っていた。夜遅くに名古屋駅に着いた。駅の西口へ出ると、焼け野原にバラックの小屋が行儀悪く群れている。最終の市電に間に合わなかったので二台の更生車《こうせいしゃ》（リンタク）に乗って家に向かった。父親は芳子と二人で一台に、太郎と正志は他の一台に乗った。自転車の横に幌《ほろ》付きの一輪車をサイドカー式に繋《つな》いだ自転車タクシーである。街灯も消えた真っ暗な電車道を走ると、後ろからものすごく強い光が、恐ろしい速さでビュッと風を切って追い越した。進駐軍のジープである。また一台が追い越した。ジープの助手席に女の笑い声がした。故郷は別世界に変わっていた。駅の西はずうっと焼け野原である。どういうわけか、太郎宅の町内は焼け残っていたが、町内の道路の縦に割った半分は畑になっていた。家に着いて夜食として出されたのは焼いた餅に白砂糖だった。普通、焼いた餅なら、醤油か砂糖醤油を付けて食べてきた。砂糖だけを付けて食べるのはご飯に砂糖をかけるようでなじめない。食べはしたが、我が家へ戻った感じはしなかった。

翌日真っ先に隣の武田のおっさんを訪ねた。雨戸が閉まって森閑としている。その隣の中島さんに聞くと、おっさんは大阪の空襲で命を落とし、奥さんは実家へ帰ったままだと分かった。太郎はおっさんに貰ったハーモニカを聞いてほしかった。いちばんのお土産は『荒城の月』を聞いてもらうことだった。おっさんの家を見ながらハーモニカで『天然の美』を吹いていたら、おっさんとサーカスを見たことを思い出した。おっさんが「坊《ぼう》！　帰ったか」と言って現れるような気がした。おっさんが、飯屋《めしや》の場面の怪談を聞かせてくれた時、「裏から廻って裏飯屋《うらめしや》」と言って、太郎を笑わせようとしたことを思い出した。幽霊《ゆうれい》でもいいからおっさんが現れてほしかった。町内の家はほとんど焼け残っていて、五丁目の並びの表札はほぼ変わりない。でも隣にぽっかり大きな穴が空いている。武田のおっさんのいない五丁目は太郎が楽しみにして帰った所ではない。

＊

総二階寄棟《よせむね》造りの家は広いだけにがらんとしている。寒々とするのは母親が居ないせいである。外へ出てもかつての友は学校へ通っていて遊べない。

太郎は久しぶりに自転車に乗った。弟も田舎で三角乗りを覚えたので、二人で交互に乗り合って名古屋駅まで出かけた。笹島の交差点の中央で、MPの腕章をつけたヘルメットの米兵が手信号で交通整理をしていた。駅西へまわると昼間の闇市にはバラック店や戸板一枚の露店が出て賑わっている。

闇市で、たばこの吸い殻を拾う「モク拾い」がいた。竹の先につけた針で吸い殻を突いて拾い上げていた。素手で拾う子どももいた。吸い殻十五個ぐらいで一本の巻きたばこができるそうだ。家にも吸い殻をほぐして紙巻きする簡単な器具がある。父ちゃんの話では、上手に巻いて仕上げるとこれだって闇市で売れるそうだ。進駐軍の吸い殻は長いから、十個あればじゅうぶん一本に仕上がるそうだ。鉄くずを集める人もいる。布切れや木切れも拾い集めれば利用できる。それらを商売にする屑屋のことを「バタ屋」と読んだ。戦災後はだれかれとなく利用できそうな資源ごみを拾った。

鍋の水団《すいとん》汁を椀から啜《すす》っている男たちがいる。別の所では、長い行列ができていたので、先頭をたどると、ドラム缶で作った大きな鍋に行き当たった。味噌汁だか豚汁《ぶたじる》だか分からないものが煮込まれている。進駐軍の残飯《ざんぱん》が入っているから、旨くて栄養満点だと言っている人がいた。

闇市には古着や古い道具なども売っていた。日用品の生産が需要に応えられないから、焼け跡から掘り出したものでも商売になる。変形した鍋からくすんだ食器まで随分いろんなものが売られている。蜜柑《みかん》やリンゴもあるが高い。ふかし芋は安いので大勢が買って食べていた。

ジープが来て停まると、ばらばらっと子どもたちが寄って来た。背の高い二人の陽気な米兵がビスケットやチョコレートを渡し始めると、瞬く間に子どもは七～八人となり、「ギブミーギブミー」と競って手を出した。ぼろをまとった乞食のような男まで分け前を欲しそうに立っている。米兵はその男を手招きしてタバコを数本渡した。父親が疎開先へ持ってきたPXチョコレートやキャンディーの旨さを知っている太郎も喉から手が出そうに思った。自転車から離れるわけにはいかない。目を離したらあっという間に自転車は盗まれる。強奪《ごうだつ》もあるから自転車から離れるなと父親からくどいくらいに聞いていた。二人は自転車をつかんで、距離を置いてその様子を見ていた。

正志が、

「僕も貰《もら》おう」とジープの方へ行きかけた。

「やめとけ！」

反射的に太郎は正志の腕をつかんだ。親から止められていたわけではない。祭礼の餅撒《もちま》きなら太郎も我先に飛んでいきたい。これはそういうものとは違う。弟が米兵に手を差し出す姿は見たくないと思った。こういう米兵は太郎の思い描いてきた憎々しげなものではない。しかし、鬼畜米英と聞かされ敵《かたき》としてきた存在である。

闇市には何でもある。煎餅や太閤焼《たいこう》き（今川焼き）も売っていた。小遣い銭なら少しは持っている。弟とふたりで太閤焼《たいこう》きを買って食べた。中の餡《あん》がさつまいもをつぶしたものであった。安いわけである。芳子と父ちゃんの分も買ってポケットへ入れた。芳子が一人で留守番をしている。二人の帰りが遅いから泣いているかもしれない。帰りを急いだ。

帰る道で自転車がパンクしてしまったので、自転車屋へ寄った。自転車屋のおじさんは兵隊服の人と話をしていたので、太郎たちはその話を聞きながらしばらく待った。中古の自転車を前にして、兵隊服が、

「高すぎるなあ、これぐらいでどうだ」

指を一本出すと、

「そりゃあ無理だね。こんな上等を半値で売れとは無茶だよ」

「どうせ、盗品《とうひん》の自転車だろう、もとは只みたいなものだろう」

「冗談じゃあない。これだって金を出して仕入れたものだよ」

「仕方がないなあ、じゃあこれと交換はどうだ。ウオルサムだ」

兵隊服が鎖のついた懐中時計を見せた。自転車屋はその時計を手にすると、竜頭《りゅうず》を指で巻いたり耳に当てたりして、

「良かろうじゃないか。でも、この自転車は中古でも程度のいいものだから飛ぶように売れる。これだけ付けてくれたら交換しよう」と、指を一本立てた。

「厳しいなあ、舶来《はくらい》の高級時計だぜ。でも、時計じゃあ仕事にならんからなあ」

兵隊服は、胴巻《どうま》きから百円札を一枚出した。

自転車屋は紙幣を受け取ると、時計と交換に自転車を渡した。兵隊服が自転車に乗って消えると、自転車屋は太郎たちに、

「その自転車売りたいの？　いい物じゃないか。いい値で買ってあげるよ」

「ウーン、この自転車なら二百円で売れるんだね」

「それはないよ」

「だって、おじさんはさっきの自転車二百円で売ったようなものでしょ」

「どうして、それが分かるんだい」

「兵隊服の人が一本の指を出して、これでどうだと言っていたよ。おじさんは、半値は無理と言ったじゃないか」

「この坊やには負けたよ。でもおじさんの儲《もう》けはどうなるんだい？」

「売る気はないよ。この自転車のパンクを頼みまーす」

「焼け跡を走ったんだろう。だめだよ。釘を拾うから」

と、言いながら自転車屋はタイヤの釘を引き抜いた。バケツの水にチューブを浸して空気漏れを確認して、ゴム糊をつけたゴム片を貼ってくれた。

帰る道で弟が、

「兄ちゃん、自転車売ってしまうのかと心配した」

「売るわけがないだろう。必要なんだから。中古でもこの自転車高いことが分かっただろ」

「父ちゃんが前に自転車一台盗まれたと言っていたよね」

「闇市で売り飛ばされたんだろうなあ」と太郎は応じた。

ヒヨコを買いたいと思ったが見つからなかった。太郎は自分たちで鶏を飼って卵を産ませたいと考えた。疎開する前は鶏を飼っていたから、飼い方は知っている。とり小屋は直せば使えそうである。

芳子は夕陽を受けた門口《かどぐち》に出て太郎たちの帰りを待っていた。二人の姿を見るとほっとして泣き出し、

「バカ！　馬鹿」太郎のシャツにしがみついて、置き去りにしたことを泣いて怒った。

「ゴメン、ゴメン」と太郎が謝ると、泣き止んだ芳子は、

「兄ちゃん、お腹《なか》がすいた」と言う。

太郎はポケットの太閤焼きを渡した。芳子は両の手に大事に受け取ると、太閤焼きを嬉し

そうに眺めて、食べるのを惜しんだ。

「ヨッコの分だ、食べろ。早く食べんと一口齧《かじ》らせてもらうぞ」と、正志が言う。

少しばかりは齧らせてくれるかもしれないという正志のさもしい期待である。芳子は優しいから三度に一度は成功する。太郎が芳子から林檎を齧らせてもらうところも見ている。しかし、こんな小さな太閤焼きである。芳子は腹を空かせている。可能性はない。芳子は、

「ダーメ、ヨッコのだから」

太閤焼きを胸に抱き、正志に背を向けると少しずつ齧《かじ》り出した。

「あっ！　餡子《あんこ》じゃない。なんだ、芋か」

芳子は意外な餡に驚いたが、空腹が少し満たせて機嫌を直した。

今は、ほかのみんなは学校に行っていて遊ぶ友達がいない。いつも弟と二人ではつまらない。正志が相手ではめんこやビー玉取りをするのも張り合いがない。太郎たちは四月から元の学校へ、芳子は幼稚園へ通うことになる。

中島さんが来て炊事や洗濯をしてくれる。米が乏しいので、麦飯にしたり、薩摩芋を入れたりして炊いた。ごはんの中に切り干し大根が入ったものも出た。

太郎は田舎の夢を頻繁に見るようになった。友達と相撲を取ったことや、学校で馬乗りをしたことを思い出す。ヨッコに太郎のハーモニカ伴奏で『故郷《ふるさと》』を歌わせた。「♪夢は今も巡りて　忘れがたき故郷」で田舎の山や川が浮かんできて泣きたいぐらいの気持ちになっ

た。

夜は一つの櫓炬燵《やぐらごたつ》にみんなが脚を入れて寝た。銭湯は休業日が多くて、たまに開業していても、浴槽に人が多くて芋こじのようである。太郎は高木さんの家へ出かけて正志と芳子と一緒に貰《もら》い湯をした。父親から言われていたので、芳子の頭に虱が湧かないようによく洗ってやる。高木さんのお父さんは国鉄の用品庫に勤めているので薪や石炭が手に入る。

姉ちゃんの歌が聞こえないのは淋しい。姉ちゃんはよく『牧場の朝』を歌っていた。「♪ただ一面に立ちこめた牧場の朝の霧の海」で広がるイメージは当時の歌の中では異色な明るさと広がりがある。歌の文句の牧童も羊の群れも太郎の居た田舎にはない光景だが、これを歌うと姉ちゃんのおかっぱ頭や、がらんとした疎開家のたたずまいが浮かんで来て、想いは牧場を素通りして疎開先の山川に向かう。姉ちゃんがいないと芳子の元気が出ない。母親や姉ちゃんがいないのは隙間風の家に居るようで落ち着かない。無邪気な節子を囲めれば皆の会話も弾んで家が明るくなるだろうに。

＊

太郎から最初の手紙が母親の手元に届いたのは十九日である。途中で手紙は開封された痕跡がある。ＧＨＱは、放送・出版から個人の書簡に至るまで検閲をし、占領軍への批判を取り締まっていた。米兵の犯罪や暴力でさえ、新聞やラジオはあからさまには非難して報道することは出来なかった。終戦直後に出した記事がもとで一時発行停止を命じられた新聞社があった。原爆使用が国際法違反、戦争犯罪であることを否めないという一節や、日本軍がフィリピン戦で残虐行為をしたとする米軍の報告は日本人として信じ難いという一節がある故であった。ＧＨＱは、日本人の思想改造のために民間情報教育局を作り、日本人にこの戦争についての罪悪感を植え付ける工作を徹底させる。勝者の行為は正当化され、敗者の日本には正義はないとする宣伝工作である。報道機関や教育機関等あらゆる業界の指導層から、ＧＨＱ政策に批判的な者は追放され、協力的な者が入れ替わって主導権を握り、地位を得たり利権に浴した。貧窮や厭戦色《えんせんしょく》の中で、民主主義や自由を唱える指導者に交じって共産党に繋《つな》がる左翼が勢力を伸ばした。

食事や洗濯などの世話は町内の中島さんにお願いすることは決めていた。食糧事情は都会の方が厳しい。三度の食事は出来ているが、満足なものは口に入らないようだ。高木さんにもお世話になっているようだ。高木さんというのはやはり懇意にしていたご近所さんである。まだ夜は冷える。櫓炬燵で寝ているそうだが、肩口を襲う寒気に夜具や布団の状態は対応できているだろうか心配である。手紙を出しても相手に届くまでに五日も六日もかかりそうだと思った。夫からの手紙が同封されていた。退院の日が確定したら、迎えに出向くと書かれていた。

武田さんのことを太郎は忘れていない。自分の子のように太郎を可愛がってくれた。疎開先へ子どもの読み物を送ってくれたこともある。再会を楽しみにしていた太郎には大きな喪失だろう。武田さんの元気な姿に再会できていたら、太郎の見る風景はもう少し色明るくなっただろうに。太郎を無条件に可愛がってくれた武田のおっさんである。由紀にとっても楽しく優しい人であった。名古屋に帰っても武田さんの姿は見られない。悲しいことである。由紀は手を合わせて追懐した。

＊

太郎は、高木さんのおじさんと父親につき従って買い出しに出かけた。近鉄で桑名駅まで行き、西桑名駅から狭軌の北勢電気鉄道に乗り換えて終点の阿下喜《あげき》まで乗った。藤原岳は南に鈴鹿山脈の連なる一帯である。桑名から員弁川に沿って西へ向かった終点である。駅を降りてから起伏のあるかなりの道のりを農家まで歩いた。北西の養老山脈に連なる農家の軒先には梅や椿が咲き、庭には黄水仙や連翹《れんぎょう》が明るく目に入る。ここにも空襲の痕跡は何もない。しかし、太郎の疎開地とは違って、山の連なりに遠いだけ空が広い。田舎にも違いがある。日本は広い。咲き出した菜の花畑の農道に足を止めた太郎は大きく息を吸った。それにしてもここまで脚を伸ばさないと食糧が手に入らないのだろうかと太郎は思った。鈴鹿山脈を越えれば西は滋賀県である。養老山脈の向こうは岐阜県である。

あてずっぽうに飛び込んだ農家で運よく米と里芋と牛蒡が手に入った。農家の庭に生《な》っている八朔《はっさく》を、おばさんから、

「欲しかったら採ってもいいよ」と言われたので太郎が三個採ったら、

「もっと持って帰りな。お金は要らないから」と、おばさんが十個ほど採ってくれた。

帰る道の途中で石に尻を乗せて一休みした。立ち上がろうとしたがリュックが重いので立ち上がれない。先を歩いた父親と高木さんは坂道の下へ姿を消している。後ろから来たリュックの老夫婦が太郎のリュックを持ち上げてくれた。おばさんは、

「ぼくは置いてきぼりくらっちゃったのね」と、痛ましそうに太郎に声をかけた。

阿下喜駅まで一緒に歩いた。

「何年生？」

「今度四年生」

「可愛いわ。息子の子どもの頃を思い出すわ」

おばさんは太郎に感心して、いろいろ話しかけてきた。息子がシベリアに抑留されたまま復員できない。幼い孫がひもじい思いをしているから、老夫婦で買い出しに来たということであった。阿下喜の駅で太郎は八朔を三個リュックから取り出して父親たちと食べてみた。

一個はおばさんたちに、

「リュックを持ち上げてくれてありがとう」と言って渡した。

西桑名駅から歩いて乗り換えの近鉄桑名駅へ向かう途中の露店で父親たちはカストリ（粗悪な密造焼酎）を一杯ずつ飲み、蛤《はまぐり》とあさりを買い、太郎にげんこつ飴を買って与えた。父親も高木さんも、桑名の名産の蛤が手に入ったことにすっかり上機嫌になり、酒のせいか、

二人で冗談ばかりを言い合って歩いた。高木さんが突然、太郎に顔をむけて、

「桑名で蛤が買えて良かったよ。桑名、饅頭《まんじゅう》は只《ただ》だよ」と言った。

「どうして？」と聞くと、父親が高木さんに、

「その手は桑名の焼き蛤だよ」と笑った。

太郎は余計に訳が分からず、きょとんとしていたら、高木さんが、

「食わなきゃ、つまり、買わなきゃお金はいらないだろう」と明かした。

太郎は騙《だま》しにあった感じがしたが、これは使えるギャグだと記憶に留めた。

父親が、

「タロは一杯食わされたな」と笑った。

近鉄桑名駅にはリュックの買い出し客が大勢いた。養老鉄道線からの担《かつ》ぎ屋も合流して、駅舎はごった返している。

「近鉄名古屋駅で警官が買い出しの米を没収《ぼっしゅう》している」

誰かの声で、買い出しの群れは青くなりざわめいた。近鉄をやめて国鉄に変えようとした人たちが移動し出した。国鉄は一時間に一本ぐらいしか走らない。国鉄名古屋駅でも取り締まりをしているかもしれない。太郎一行は近鉄に乗って名古屋駅の三駅手前の烏森《かすもり》の駅で降りた。バスもないから半道（半里）程を太郎は父親たちの歩調に合わせて日暮れの家路を頑張った。

高木さんは面白いだけではなく、豪快な人である。

高木さんは、国鉄の剣道部の師範を務めていた。占領政策で剣道は軍国主義の象徴として禁止された。高木さんは剣道の防具や竹刀《しない》をたくさん自宅に持ち帰って隠し持った。近所の少年を集めて剣道の手ほどきをした。

この頃から少年たちの遊びの中心は野球となり、手作りのバットやグローブを持ち寄り集まれば道路で草野球をした。武道はご法度であったが、逆にそれ以外は野放図の自由であったから、小学校の先生の中には校庭でラグビーやホッケーなどを教える人も出た。

それでも、剣道に興味を持った少年は高木道場に集まった。近所の人が警察の目を心配すると、

「大丈夫ですよ。警官が注意しに来たら、「棒振り体操」をしてどこが悪いのだと言ってやりますよ。警官だって、本当は剣道や柔道をやって来たのだ。それをやめさせられて口惜しい思いをしているんだ。分かってくれるよ」と言っていた。

＊

お母さんへ

お手紙ありがとう。姉ちゃんの病気はだいぶん良くなったそうでうれしいです。かわいい節ちゃんも元気と聞いて安心しました。僕たちは元気です。ヨッコは夜寝る時に、母ちゃん姉ちゃんがいないとめそめそします。僕はヨッコに昔ばなしや僕の作り話を聞かせます。こ

の間、正志も作り話をしてくれました。ヨッコはそれを聞いて笑ったので、僕もうれしかったです。正志も、母ちゃんや姉ちゃんがいつ帰るのかと、しょっちゅう聞きます。僕も待ち遠しいです。

中島のおばさんが来て、朝のうちにそうじとせんたくをして、昼ご飯を作ってくれます。夜のおかずも作って置いていきます。お父さんの帰りが遅い時は、冷ご飯におかずを混ぜて雑炊を作ります。水を多くして炊くと量が多くなり腹いっぱいになります。雑炊に味噌を入れたり醤油を使ったりします。味がいいと言って、ヨッコも正志も喜んで食べます。おばさんがアルミのしゃもじでカルメ焼きを作ってくれました。おばさんが干してくれたせんたくものは、父ちゃんか僕がとりこみます。おばさんが掃除してくれる時は、僕も正志も廊下の雑巾がけを手伝います。

正志と同じ布団で寝ているので、正志の寝小便が心配ですが、この頃正志は寝小便をしなくなりました。ぼくも自分の寝小便で布団をぬらしたことがありました。正志はつらい思いを僕の何倍もしてきたのです。良かったです。正志と二人でメンコやビー玉で遊びます。正志は弱いからつまらない。学校に行けないのは淋しいです。同じ年の子と遊びたいです。将棋を正志に教えてやります。

この間、ヨッコがため池に足を滑らせて落ちました。ヨッコが手足をばたばたしても土手から離れるので、急いで僕は棒切れを拾ってヨッコにつかまらせました。びしょぬれのヨッコを急いで連れて帰り、体を洗って着がえさせました。その間ヨッコはぶるぶるふるえていました。頭をしっかりふいてやり、しばらくやぐらごたつにもぐらせました。あの時の助けを求めるヨッコの顔を思い出すと今でもかわいそうです。ヨッコが一番淋しそうです。一番小さいヨッコはかわいそうです。ヨッコがひとりでゴム跳びしたり、リンゴの歌を歌ったりしている姿は淋しそうでかわいそうです。

僕は田舎の山や川の夢をよく見ます。景色が良いから名古屋より好きです。見る夢は田舎の景色ばかりです。名古屋は灰色の世界です。

勇兄ちゃんがハーモニカで吹いた曲が、この間、ラジオで放送されていました。それは、メンデルスゾーンの『春の歌』です。聞いたのは二度目だから曲は覚えました。良い曲だから、さっそく、僕もハーモニカで吹いてみました。初めの部分は吹けても後は吹けません。勇兄ちゃんからもう一度この曲を聞きたいです。勇兄ちゃんの夢を見ました。遊んでもらったことを思い出します。ハーモニカを吹くと思い出します。もう会えないのかなあ。

山田君から手紙をもらいました。封筒や便せんを買わないで自分で作った封筒と、使い古しの紙の裏を使って書いてきました。山田君の家では、物を捨てないで大切に残して使います。ないものは自分たちで作ってしまいます。山田君は僕の親友です。僕は名古屋の様子を書いて手紙を出しました。

僕は正志と二人でとり小屋を直しました。お父さんにヒヨコを買ってきてもらうように頼みました。昔は、僕たちの裏庭ではいつも鶏を飼っていました。お母さんがヒヨコをかいわらせて（孵化《ふか》させて）くれたことを思い出します。

お父さんに辞書の使い方を教えてもらいました。漢字は人に聞く前に自分で調べろと言われました。

うらの庭に植えたイチジクの木が大きくなっていました。僕が拾って引きずってきた苗木を母ちゃんが植えたものです。枝のあちこちにかたそうな芽がついています。

一日も早く帰ってきてください。さようなら。

三月二十一日

太郎

このような太郎からの二回目の手紙が届いた。

由紀としては、太郎たちの日常がかなり分かって嬉しい。太郎は母親のいない不自由やさびしさに負けず頑張っている。名古屋の食糧事情は田舎町より格段に厳しそうだ。

正志の寝小便がなくなったのはうれしい話である。考えてみると最近正志は布団を濡らすことが少なくなっている。鼻を垂らしては袖口で拭《ぬぐ》っていたが発熱はめったにしない。正志の担任が学校で毎朝上半身の乾布摩擦《かんぷまさつ》をさせてくれたお陰かもしれない。今は休学中の正志の日常に精神的な負担がなく、のびのびと遊んでおられるせいかもしれない。素直でおとなしい性格だから太郎が意地悪しない限りは、自分から喧嘩を仕掛けることはない筈だ。母親がいないことで依存心が薄れて、兄の太郎との接し方を心得てきたのかもしれない。兄弟二人で協力してとり小屋直しもできたようである。まだいたいけな一年生である。病知《やまい》らずの子であって、兄弟のど真ん中となるとついなおざりになってしまった。寝小便で濡らした夜具の始末をする度に不機嫌を抑えきれずに愚痴《ぐち》ったりした。由紀には、離れて気づく不憫《ふびん》であった。そして、由紀は、太郎が正志の寝小便のないことを喜ぶところに太郎の成長を感じた。

ため池に落ちた芳子の話にはどきっとした。田んぼ一枚を防火用水の溜池《ためいけ》にしたもので、深さは子どもの胸位のものであることは分かっている。すり鉢状で滑るから、幼児が滑り落ちたら自力では這い上がることは難しい。慌《あわ》てれば命の危険もあるだろう。湯を沸かして洗ってやる余裕などはなかっただろう。芳子の体を冷たい水で洗ったのだろうか。櫓炬燵《やぐらごたつ》に芳子を潜《もぐ》り込ませて暖を取らせた太郎の機転に感謝と拍手をしたい。変化に対応できる智慧は教えられて身につくものではない。太郎の心には救いを求める芳子の眼差《まなざ》しが強く焼き付いているのだろう、「かわいそうだ」をくり返して書いている。太郎にすがる芳子の思いと、妹を救える者は自分しかいないとする太郎が思い浮かび、母親は胸打たれる。芳子を大火傷させた時はちょっと眼を離した隙であった。今度は、引き裂かれて暮らし、どうしようもない遠隔での水場《みずば》事故である。一緒に居てやれない辛さに由紀はもどかしく唇《くちびる》を噛《か》む。離れているると子どもたちのことがいっそう心配である。節子のいない芳子には甘え癖が戻っているようだ。甘えるのは、すがるものは太郎しかないとする芳子の知恵かもしれない。それを太郎が受け止めてくれているようだ。

父親の義之は仕事で日中《にっちゅう》は家を空けているようだ。親の不在が太郎や正志の自立を促すことになっているのかもしれない。子どもは意外とたくましい。太郎は不自由を意に介さないようだが、逆境はこどもたちを強くしてくれている。子どもは意図して育てようとすると難しいが、子どもというものは育っていくものだと思えた。自分の子どもは距離を置いて感じた方が子供の姿が正しく観られるように思った。

退院の許可が出た。家に戻って引き揚げ準備ができ次第名古屋へ向かう手はずを組んだ。太郎は勇さんのことを忘れていない。勇さんの動静は去年の暮れから聞いていないから、機会を見て堤さんから聞こう。神戸の中学校で順調に勉強していてほしいが、立ち直って学校へ通っているか心配である。

＊

――私は従兄の浩三さんに誘われて、出征する若者の家に集まった。その若者はピアノでベートーベンの『ソナタ』を弾いた。誰かが、

「これはベートーベンが、愛する令嬢に贈った曲である。この恋は実らなかった。後世の人がこのソナタを『月光』と呼ぶようになった」と解説した。

集まった若者たちは歌ったり談笑したりして私に優しい。おぼろな月に白く浮く沈丁花《じんちょうげ》らしいものの咲く庭を歩いているうちに、いつのまにか山道を上っていた。浩三さんは先に行って消えている。すぐ前を行く若者に、

「待ってー　脚が動かないの」と呼びかけると、若者は石に腰を下ろして待ってくれた。

「苦しいわ」と言うと、私の頭を彼の膝にのせて枕にした。

やがて若者は、

「だめです。もう行かなくては」と私の頭を起こした。

「あら、勇さん、どこへいくの？」

若者が勇さんに変わっていた。

「僕は行きます」

彼はずんずんと登っていく。私は脚がもつれてついて行けない。

「待ってよー　勇さん！」

木立の影に姿を見失ってしまった。

「待ってよー　置いて行かないで――」

彼は大きな岩の突端におぼろな月の光を受けて立った。

「勇さーん、危ないよ。おーい　勇さーん」

次の瞬間、彼の姿は宙に飛んだ。

「行ってきまーす」

月に雲が来て、彼の姿を包んだ。

「勇さーん、どこへ行くの？」

銀の翼《つばさ》が一瞬きらめいて夜の闇高く消えた。

「さようなら――」

声は春宵《しゅんしょう》の靄《もや》に遠ざかる。

ソナタの静かで切ない章節がそれを追うように流れた――

娘時代にかえったような夢から覚めて、由紀は、ソナタ終章を聞くような激しい悲しみに襲われた。勇ぼんはやっぱり死んでしまったと思った。涙が目じりを濡らしていた。

＊

和子の病状が回復に向かうと、由紀は自分の心が軽くなり、人生の半ばで一休みの機会を得た感じである。夫からのみならず三人の子からも切り離されて過ごした時間は、娘時代の感性とともに我を忘れて忙殺された自分を取り戻させてくれた。苦節を凌いだ後に来る余裕だろうか。子どもには自身で育っていく力がある。戦禍の暗闇から抜け出た。和子の病気を克服できた。理不尽な終戦も和子の病気も考えようによっては英気を養い、自分の生き方を考える良い転機となった。空爆の暴挙や疎開暮らしの非常時は自分への転機となった。事もなく主婦生活に埋没して暮れて行けば自己を失っていく女の一生になりかねない。平凡な家庭の妻女が自分で意図して叶えられる余閑ではなかった。由紀は新生活への英気のみなぎりを感じた。

＊

夫・義之が迎えに来て、親戚縁者への挨拶と、和子の学校転出届を済ませてくれた。

由紀にとっては不安の日々であった。太郎ひとりをとってみても非常事態の連続であったが、出産や水害の危険・難儀もさることながら、とどめを刺すかのように襲った恐怖は和子のチフスであった。堤さんには、陰になり日向《ひなた》になり助けていただいた。新聞情報で知る集団疎開のいじめや飢餓を子どもたちが味わうことはなかった。縁故疎開の太郎一家には、触れ合う皆さんは親切だった。いつか落ち着いたらこれらの人への感謝や懐かしさは心底に湧き出るだろう。田舎の山川を懐かしく思う日も来るだろう。義母や義兄にはなじめなかった。五人の子の衣食や病気のあわただしい対応の中では、気遣いできる余裕はなかった。しかし、今、春の訪れとともに卑屈な自分のかかわり方を詫びたい気持ちが芽生えている。

名古屋へ戻ってどのように生活が成り立っていくものか分からない。なるようになるだろう。和子の退院は凱歌《がいか》である。恐ろしい病と闘って和子を救うことができたのだ。自分の子を失う恐怖と比べれば怖いものはない。みなぎる気力で新しい出発である。体当たりしてやっていくだけである。覚悟して戦うだけである。トンネルの向こうは不安ばかりではなく、好奇心のうごめくのも感じられた。

三十日に疎開家を出ることになった。山田さんは、出発の前の夕刻にお弁当だと言って稲荷寿司を哲也君に持たせて届けて下さった。

しかし、内心にひとつ気がかりを抱えている。

*

由紀が家を出ると暗い戸口に小林婆さんが立っていた。

「あら小林さん、見送りしないでとお願いしてたのに」

「節ちゃんや和ちゃんを見たいんじゃ」

「小林さんとのお別れには私が泣いてしまいますよ」

由紀はもう涙声になって、節子を婆さんに渡した。節子は自分だけのものとは思えない。節子が生まれた時から見てくれた小林婆さんである。節子をリヤカーに乗せるまで抱いていてもらった。婆さんは金封を和子に渡して、

「退院できてよかった、名古屋へ戻ったら好きなものを買いんさい」と言った。

由紀は、孫子の為にはわずかな貯えを惜しまない自分の老母と小林さんとの似通いを思った。

朝一番の汽車に乗るために暗いうちに家を出た。堤さんが用意したリヤカーに和子と節子を乗せた。坂さん家族は暗い中を通りに出て見送ってくれる。坂さんの奥さんは手編みの帽

子を和子の頭にかぶせて、

「全快のお祝いよ。帽子の刺繍は千鶴子が入れたんよ」と言った。千鶴ちゃんは
「和子姉ちゃんからもらった刺繍道具を使ったんよ」と、和子に言った。

千鶴ちゃんが、

「節っちゃん！　いぬるのんね（行っちゃうのね）」

と節子の頬を指で突くと節子は声をあげて笑った。千鶴ちゃんは涙が溢れて泣いた。道の曲がりに一行が見えなくなるまで千鶴ちゃんは手を振った。

この夜道を不安を抱いてやって来た。一年過ぎて、この道を、新しい命を加えて帰郷する。リヤカーの布団の上に和子が節子を抱いて守る形で座った。体力がまだ不十分な和子は時々横になった。由紀も引き手に加わり、三人で位置を変えては交互にリヤカーを引いた。

堤さんと肩を並べると、由紀は切り出した。

「堤さん、勇さんどうなったのですか？」

「どうって？」

「夢を見たの。勇さんが、さようならと、言って、高いところから飛んで消えたの」

「死にゃあしませんよ。死なせてなるものですか。でも、夢見は全くの外れでもないですね」

「えっ！　何かあったんですか？」

「先月、神戸から知らせがありました。学校の教師と口論して退学したのです」

「またですか？　どうして？」

「日本は間違いを犯して負けたのだから、これからは平和を愛する民主的な国になる必要があると唱える先生に嫌悪《けんお》して、先生の矛盾を質《ただ》そうとしたのです。学校は君が代も歌わせないそうだ」と堤さんは言う。

由紀は終戦後のわずか半年で都会の中学現場がそんなに変わったと聞いて驚き、

「日本は聖徳太子の昔から『和を以て尊しとなす』国ですよ。やむを得ず戦ったのですよ。平和が良いに決まってますよ。戦前の日本は民主的じゃあなかったの？」と言った。

由紀は勇さんならこんな反論を教師に投げつけたのではないかと思ったのである。

堤さんは、

「五箇条の御誓文に、『万機公論に決すべし』とあるね。明治以来近代的な民主政治を目指してやってきた。完全な民主国なんて世界のどこにもない。戦時の統制はどの国でもあることだ。勇ぼんは、日本の戦争目的[*3]は何だったかを知っている。強い信念で予科練の訓練に耐えた。その頭で問い詰められると並みの教師では受け答えに窮するわけです。教師はGHQの指令により、日本軍の侵略戦争だったと言わなければ、職を追われるわけです。勇ぼんは、やむにやまれず戦った日本なのに、手の平を返すように、戦時の日本を否定し、国に命を捧げた英霊をすら軽視して、新教育を唱える軽薄を許せなかったのでしょう」と言う。

義之は、

「去年の暮にGHQは修身・国史・地理の授業の停止と、その教科書の回収を命じましたね。学校の武道も取り上げた。軍国主義の払拭《ふっしょく》を表看板にして、明治以来の日本人の国家理念を破壊しようとしている。戦争は日本の侵略であるという占領軍の見方を押し付けて、日本に正義はなかったとする洗脳教育を進めている。特攻隊員の、国の為には命を惜しまないとする精神を否定したいわけだ。アメリカ軍には脅威だったし、この後も脅威だから、その精神性や伝統を断ち切りたいわけだ。どの国の善男善女も平和を願う。悪いのは最高指導者や戦争利得者だ」と言った。

由紀は、

「私は子どもの教科書は一通り目を通しています。『初等科国史』も読んでいますが、鬼畜米英というような言葉はない。東亜で欧米の植民地支配を防ぐために力を合わせて進もうということを述べているにすぎない。修身の教科書を見ても優しさや勤勉、公徳心を養おうとする微笑ましい記事が多いわ。国際協調も大切にしている。たとえ敵国であっても憎しみを煽《あお》るような記述をしていない。五年生の国語の教材に良いものがあるわ。乃木さんの旅順水師営会見で敗将・ステッセル将軍には帯剣を許して紳士的に対応したという記述よ」と言う。

義之から、

「乃木大将の勝っておごらぬ武士道精神には世界中の新聞記者が称賛している。それと比べると、アメリカは何だ！　去年の九月に、天皇はご自身の意志でマッカーサーを訪ねている。マッカーサーとの初めての会見でしたよ。天皇は礼服で直立しているのに、マッカーサーは開襟シャツの軍服で両手を腰の後ろに当てるラフな格好で並び立っていた。その写真を新聞で見た時は悔しい思いだったね。天皇に対する非礼な姿勢*4には腹が立ったね。戦意も示さない無辜《むこ》の民を空爆や原爆で大量虐殺した悪魔に魂を売るような、この非道大罪を恥じることなき人でなしに、日本の教育にまで口出しされるのはたまらないね。真珠湾が奇襲攻撃だと言うのなら、アメリカの経済封鎖こそ先制攻撃だと言いたい。真珠湾攻撃は市民を狙ったのではなく、軍港の敵艦を叩いたのだ」と憤懣《ふんまん》やるかたない調子で言う。

堤さんは教科書問題について、

「修身も国史も古事記・日本書紀の神話と結びついた部分が気に入らないのだろう。愛国心と結びついた特攻精神の根本に天皇への忠誠心があるとみて、その伝統や精神性を消し去りたいのだろう。世界で一番古くて変わることのなかった皇室の存在は誇るべきことだ。天皇は平和を願い、『民の竈《かまど》の賑《にぎあ》う』を祈る存在だ。民のために天皇があり、民が飢えたら天皇の責任だとする仁徳天皇の精神が伝統となって続いた皇統が日本の柱である。国体の中心に天皇があり、それを民が権威として認め支えてきた。比叡山延暦寺を焼打ちした信長でさえ皇室を無視することはなかった。この皇室を守り通した政権や祖先があったからこそ日本は

分裂もせず、独立を守り通せてきた。その伝統文化を断ち切ろうなんてことは思い上がりも甚だしい」と厳しい。義之は、

「国論が開国と攘夷とに、あるいは倒幕と佐幕とに分かれた幕末の危機を救ったのは、どの陣営にも共通してあった尊王なのだ。江戸の無血開城が成せたから列強に乗じられなかった。尊王は理屈ではない。伝統だ。支那は皇統が絶えず変わり、最後の清朝では統一が保てず内戦が続いて半分は植民地となっていた」

と言い、堤さんは、

「西郷隆盛と勝海舟との会談による江戸城無血明け渡しも根底に尊王が共存していたわけですね」と応ずる。

義之は話題を変えて、

「いま、戦争犯罪容疑者として、東條英機らとともに松井石根《いわね》の名が出ている。名古屋市中村区の牧野出身の高潔な将軍であるから、近くに住む者として私は彼に関心を寄せてきた。名古屋駅西の椿神社にその顕彰碑がある。彼は昭和十二年南京陥落時の総司令官であった。寝耳に水の、あり得ない南京市民数万人大虐殺の罪をかぶせられてこの三月五日に巣鴨拘置所に収監された。彼は「大亜細亜主義」を唱えて、日支提携とアジア保全に生涯をかけた人だよ。南京占領軍の軍律は厳しく日本兵は南京の治安に努めて市民を保護した。松井は退役後の昭和十五年日支両軍の戦没将兵を祀るために私財を投じて熱海の伊豆山に聖観音像を据

えて寺院を建立した。松井はその近くに庵を作り住み毎朝山に登り観音経をあげていた。松井が指揮する皇軍による市民大虐殺などはあり得ない。米占領軍は、七年前に現役を退いていた老将を引き出して獄につないだ。米国の原爆投下による大罪の隠れ蓑《みの》にするための宣伝工作に違いない。松井は蒋介石にも和平を働きかけながら裏切られる。蒋介石はひたすら米英の軍事支援を頼み、和平に応じなかった。日本陸軍は絶えず支那と連携して西欧列強に対《たい》峙《じ》する道を模索したが、日支事変が拡大泥沼化するのを止められなかった。昭和二十年八月十五日敗戦を迎えた。九月二日ミズーリ艦上の停戦文書調印の席には連合国側全権団の中に支那（中華民国）も名を連ねたという結末であるよ」と言った。

堤さんは、

「もとはソ連の侵略に備えて満州に軍隊を配備して治安を守っていたのですよ。協約破りの満州軍閥を鎮圧しているうちに戦線が上海・南京にも及んでしまった。日支の戦は大陸が戦場になっていたから、日本国民は詳しい状況を知らない。支那軍が米英に援軍を求めるところから米英はつけ入って日本攻撃を展開したわけですね」と言った。

義之は、

「しかし、身から出た錆を考えないと、この後の復興も危ういと思う。この敗戦は、各省や陸軍海軍の協力体制がなく、その場しのぎの臨戦体制に問題があったと思う」

堤さんも、

「私たちが輸送船で糧秣《りょうまつ》や武器弾薬を送ろうとしても、護送戦艦が手薄で、敵の潜水艦の雷撃や艦載機の攻撃で次々と撃沈された。私の船が沈められたのは開戦して二年もたたない頃でしたよ。陸軍が大勢の兵をアジアや南洋諸島で失ったが、その原因の多くが餓死と病死です。海軍が輸送船を守れる体制になっていないわけですよ」

義之は、

「日本は日清・日露戦に勝利し第一次世界大戦で勝ち組に入って、順調に西欧列強に伍したが故に、政府に油断、軍部に驕《おご》りが生じたね。アメリカは白人の強国・ロシアを黄色人種の日本が打ち破ったことで日本を敵国視するようになり、日本を倒すべくオレンジ計画を策定して機会を窺《うかが》ってきたんですよ」と言った。

堤さんは、

「航海で一番心配なのは脚気でした。海軍は日清戦争で水兵の脚気に困り、白米食に原因があると気づき、日本海海戦にはそれを克服して勝利した。しかし、陸軍は脚気細菌説にこだわり、海軍の経験・治験に学ぼうとせず、日露戦争では多くの兵士を脚気故に死なせていますよ。省庁の縄張り根性は陸・海軍にも本来あって、昭和になってさらに強固になった」

堤さんは船乗りだから、日本海軍のことはよく知っている。

これに続けて義之は、

「日露戦争は余裕で勝利したわけではない。勝利の歓呼の提灯行列に、東郷平八郎は『勝っ

て兜《かぶと》の緒《お》を締めよ』と日本の将来に警鐘を鳴らしたが、これが生かされなかったということですよ」と言うと、

堤さんは、

「山本五十六はアメリカ留学もしていてアメリカの国力の凄さを知っていたし、日独伊三国同盟にも反対し、対米避戦論者だった筈なのに……山本五十六は連合艦隊司令長官を命じられると、真珠湾攻撃に踏み切った。私にはそれがよく分からない。戦いは致し方ない。本来戦う目的からすれば、南の蘭印（インドネシア）・マレー（マレーシア・シンガポール）を抑えて石油やゴムなどの資源を確保すればいいのですよ。なんでいきなり東へ出たのか分からない。仏印（ベトナム）に駐留して米英の支那への兵器の補給線を絶ち、フィリピンのアメリカ軍の動きを抑えるだけでよかった筈ですよ」と、持論を展開する。

義之は、

「近衛《このえ》文麿《ふみまろ》首相は大政翼賛会を作り政党政治をつぶした。近衛は当時のNHK総裁であったからラジオ・新聞を掌握して挙国一致の戦時体制を作った。明治以来の国是「万機公論に決すべし」が抜け落ちた。国民は戦意高揚を誘導され、自重すべしの論は封じられた。国民には大陸の泥沼や政権の狼狽も見えなかった。井上成美《いのうえしげよし》海軍大将らは三国同盟に反対し対米非戦を冷静に訴えた人たちだが、中枢から外され、日米戦強硬論に押しつぶされた。アメリカは最後通告を突きつけて、日本が正当に持つ満州などの権益を放棄せよと迫る。石油封鎖も

そうだがこの通告は日本に宣戦布告をしたようなものだよ。政府は冷徹な判断を下せなかった。まんまとルーズベルトの挑発の罠《わな》にはまったわけだ。日本は支那・満蒙戦線だけでも手一杯なのに戦線を広げ過ぎた。真珠湾攻撃などは初手で大悪手を指したようなものだよ。最強の敵に応戦の大義名分を与えてしまったわけですよ」

堤さんは、

「実質の宣戦布告は先にアメリカがやったのですよ。それも石油や鉄くず禁輸の卑怯な首しめ攻撃ですよ。同時にアメリカは日本の在米資産凍結をした。真珠湾は反撃に過ぎませんよ」と言い、続けて、

「フィリピン・ボルネオ・蘭印・マレーなどの米英蘭を追い出して、緒戦で油田を確保は出来たが、やがては油槽船が米海軍に次々と沈められて石油が届けられなくなった。輸送が伴わない戦では勝ち目がないですよ。私の船も沈められましたよ」と言った。

義之は、

「こんな展開を予想できなかったのだろうか。暗い気持ちになるね。連合艦隊司令長官・山本五十六の乗った飛行機が敵に暗号解読されて撃墜されるなんて無様《ブザマ》な話だよ。東郷平八郎とは比べものにならない」

堤さんは、

「心底国の為を思い、『天皇陛下万歳』と命を捧げた国民には事柄がよく分からない。ミッ

ドウェー海戦は決定的な敗北であったのに、新聞は勝ち戦《いくさ》のように報じた。一九四三年昭和十八年五月アッツ島玉砕をニュースで聞いた時、米軍の銃口に突進して散った兵士を思うと泣けましたよ。軍令部はアッツ島守備隊への援軍をあきらめ、守備隊兵士二千余の救出を打ち切って玉砕に目をつむったのですよ。翌年の七月サイパンを取られ、B29爆撃機の本土攻撃を毎日のように受ける展開になったのですね」と、日米海戦の経過に詳しい。

義之は、

「サイパン陥落で勝負はついたと思う。国を守れもしないのに軍の強硬論者は、一億玉砕を唱えたのだよ。大本営は優秀な若い兵士を弾丸代わりとして特攻機や人間魚雷で命散らさせた。狂気だよ。将棋ならサイパンとられりゃあ打つ手なしの投了だよ。日露戦のように白兵戦の時代ではない。敵の圧倒的な航空兵力に対応できなかった。戦争に勝ち負けは仕方がないが、徒《いたずら》な被害拡大を招くことはない。国民が被《こうむ》った悲惨は、文民統制ができず、政権が軍を有効に制御できなかったからだ。政治が国家を守れなかったということだ。最高指導部の体質や体制に大きな問題があったはずだ。明治から営々として築いた国家の正当な権益も誇りも僅か数年で失ったのだから、祖先には申し訳ない話だよ」と言う。

堤さんは、

「天皇を政治利用し過ぎた。軍部が統帥権を乱用して天皇を笠に着ようとするから、政治は合理的な判断を出せなくなったわけですね」と言うと、義之が、

「その、統帥権が魔物なのだよ。憲法に統帥権は天皇大権とされていた。そう書かれていたとしても実際は政府の企ては天皇裁可を得て発動されるべきものだ。陸軍はこれを振りかざして政権を揺さぶり暴走したのだ。それでいながら、二・二六事件や終戦は天皇の裁断に頼るしかなかった。天皇は統治せずで、政治に口出ししたくなくても、見ちゃあおられない。天皇にはお辛《つら》い裁断を仰ぐ羽目になった。神武以来の歴代天皇の内で最もお苦しみになったのは今上天皇だと思う。外敵に敗れ、占領されて、その後始末をさせられるというわけだよ。立憲君主制といえども、政治に独立不羈《ふき》がなければ真の民主制にはならない」

と言うと、堤さんが、

「国民は正しい情報を知るすべはない。行け行け空気の大政翼賛の挙国一致《きょこくいっち》体制ではどうしようもない。新聞ラジオは官製情報を伝え、戦意高揚を煽《あお》るばかりだった」と応ずる。

義之は、

「天皇は「しろしめす」存在だ。民のことを知ってくださる存在だ。国民を見ていて下さる大御心《おおみごころ》を感じられればよい。大御心は政治を映し正す鏡とすべきものでしょう。天皇は依存したり利用したりする存在ではないと思うね。親や祖先の眼差しを感じて育った人間なら大きな間違いはなく、子孫の繁栄に勤しむはずだ。

この戦争で、兵士が天皇の為に戦って死んだというのは、違うと思う。敵弾に命散らすに際して、「天皇陛下万歳!」を叫んだ兵士もいただろう。しかし、兵士の脳裏に最も重く存在するものはやはり家族だろう。自分の妻子・父祖があり、郷土愛から愛国心となるというのが本当だと思うね。それが一つとなれる旗印が天皇だ。国体を保持し歴史を貫くものに皇統があった。そういう皇統は国の羅針盤だと思う。その伝統に連なる我々は日本に誇りを持って戦ったのだ。

天皇は今年の元旦に詔書《しょうしょ》で、『私は国民と共にいて、喜びも悲しみも共に分かち合いたい』と述べられた。そして天皇は先月、全国地方巡幸の皮切りに川崎の肥料工場やパラオから帰還したばかりの将兵援護所などをお訪ねになりねぎらいと慰労のお言葉をかけられた。このニュースで、ある満州引き揚げ者は、祖国へ帰れた実感をはじめて持てて涙したと話した。この天皇とともに苦しんだ、この天皇とともに復興に頑張ろうと思う。この思いは戦場の兵士と同じものだと思うね」と言った。そしてさらに、

「日本人は八百万《やおよろず》に神を感じ、それを天皇が代表してまつり、国の安寧を司《つかさど》ってきた。それに大和心《やまとごころ》の雅《みやび》やうるおいが脈々と流れ、更に、仏教や儒教のよきところを取り入れて素晴らしい精神的柱をうち建ててきた。そのわかりやすいものが武士道であり教育勅語である。教育勅語は学校教育で全国民に徹底していたから、精神性におけるまれにみる民度の高さは、世界に通用して誇れるものである」と言った。

堤さんは、占領政策に厳しく、

「GHQの命令で政治犯を釈放すると、皇室や神道否定の共産党分子が活躍し出した。この

影響を受けた連中が学校の中にも入りこんで日本教育の伝統を打ち砕こうとしているようだ。これらをGHQは都合よく利用している。日本軍の戦いを戦争犯罪に仕立て上げようとする策謀のようです」と言った。

山なみの稜線から空は茜で薄く染まり川面が光り出し、行路を明るくした。

義之も、

「この戦争に対して国民自らが間違いを検証する必要はあるが、アメリカから戦争犯罪を言われる筋合いはない。仕掛けたのはアメリカなのだ。アメリカはハワイを奪いフィリピンをスペインから奪い植民地とし、支那・満州にも利権を得ようとしたが日本が邪魔になったのだ。

GHQ批判をすれば、公職にある者は追放されて職を失うから表立っては正論を吐けない。新聞社や出版社はアメリカに批判的な記事を出せば発行停止処分を受ける。日本人が、GHQ検閲や忖度《そんたく》の情報しか見聞きしない月日を重ねるうちに、我々は侵略国だったとする自虐史観を刷り込まれていくだろう。戦争は一方だけが正しいということはありえない。それぞれには根底には国益がかかっている。人種差別反対とアジア諸国の独立を唱える日本は、白人列強からは迷惑で邪魔な存在だったのだ。大航海時代以来の白人列強の横暴極まる植民地政策や人種差別に立ちはだかったのは日本なのだ。列強は植民地での権益を日本によって脅かされた。日本は開国維新以来、列強からの植民地支配に対する防衛の急務があった」と言った。

由紀は、

「原爆は絶対に許せない！　それにしても大都市から中小の都市までが焼け尽くされるまで、どうして戦争を止められなかったの？　アメリカのせいなの？　日本のせいなの？」

義之は、

「そもそも開戦を避けようと近衛首相はルーズベルトに会見を申し込んだが相手にされなかった。空襲が激しくなって終戦提案を試みたが応じない。ソ連にも仲介を頼んだがソ連は受けるはずはない。アメリカの高飛車に問題があるのか、日本の国情や外交に問題があるのか分からない。天皇から終戦を託された鈴木貫太郎内閣には相当な難題であっただろうが、終戦までの詳細は国民の目に見えなかった」と言う。

堤さんが、

「それにしてもマッカーサーの占領支配は国際法に違反している。ドイツは無条件降伏だった。しかし、日本は国体護持の条件を付けて停戦協定の調印をしている。調印後は、戦勝国が勝手に敗戦国の国法や教育制度などを変える権利はない。日本は戦時中も戦後も議会制度を続け通し統治機能を失ったわけではない。マッカーサーは矢継ぎ早に自由や民主主義の看板で日本の制度を変え、日本の伝統精神を骨抜きにする。婦人参政権を命じたのは良いとしても、十二月には神道指令と、修身及び地理・歴史の授業中止という形で日本の伝統精神や道徳的規範に向けて破壊的な指令を出している。今GHQは我々の信書まで開いて検閲している。これが自由を標榜《ひょうぼう》するアメリカ軍のやっていることだ。アメリカの謀略や非道が明るみになるのを恐れているわけだよ。勇ぼんは賢いからわかるんだ。教室にまでこの欺瞞が広がることに耐えられなかったのだろう。それだけではなく皇室の存在に反対の共産党分子が君が代に反対する。日の丸をかかげて侵略戦争をしたからと、学校に国旗も掲揚させない。勇ぼんはこういう中学校になじめないのです」と言う。

＊

由紀は、

「勇さんのことから、話が盛り上がりましたね。少しはすっきりしましたか？　ところで堤さん、勇さんは今どうしているのですか？」と、気がかりを切り出した。

「仙台の長兄が引き取って面倒を見てくれています」

「勇さんは深い勉強をしているし考え方もしっかりしています。変わり身の早い学校教師に失望するんですよね。あれだけ戦意高揚に拍車をかけた新聞もそうだけれど、世の中どこも、そんな風潮ですもの。それにしても、勇さんの勇ましいこと！　きかん坊ですね」

「勇ぼんには、体当たりするものが必要だったのでしょう。予科練からため込んだ不完全燃焼が爆発するわけですな。まじめな子なんですよ」

「後先《あとさき》のことを考えないといけませんね」と、由紀は勇さんの現実対応が気になる。

「そうですよ。今回の退学も、神戸からの連絡で知った時は、困ったことだと思いました。勇ぼんはお国のために厳しい訓練に耐えた。しかし娑婆《しゃば》には娑婆の試練が待っていた。多くの教師の変節に我慢できなかったということです。敗戦後GHQ政策下で教育現場に立つ良心的な教師の苦悩は大変でしょう。魂の抜けた教師を勇ぼんは鋭く見抜く。家族の生活を担《にな》う中年教師の現実を理解できると良いが、まだぼんぼんの勇ぼんには無理なことだね。娑婆の試練はこれからですよ」と、堤さんは応じる。

「でも、中退のままでは、次の進路に支障が出るでしょうに」

由紀にはそれが一番の心配である。

「ああ、それは大丈夫です。本来の中学校は五年制ですが、戦時の臨時措置により兵役などで就学を中断されたケースは、四年で卒業認定できることになりました。学徒勤労動員等で学業を中断された場合も同様の扱いです。中学生で東京から北海道まで勤労動員されて水田耕作に従事した少年たちは、終戦になっても二か月郷里へ帰れなかった。津軽海峡連絡船がすべて沈められていて代航の樺太丸でやっと戻れたケースです。満蒙開拓青少年義勇軍として駆り出された多くの少年の悲惨もある。彼らの卒業認定にも救済措置がとられたようです」と言うと、義之は、

「堤さんは海の男だけあって、国内の海運情報にもお詳しい」と言った。

堤さんは続けて、

「この満蒙開拓青少年義勇軍編成の建白書をまとめたのは石黒忠篤《いしぐろただあつ》です。忠篤の父親は元陸軍省医務局長の石黒忠悳《ただのり》ですが、彼は兵士の糧食を白米食にこだわり、脚気故に日露戦争で多くの兵を死なせた。この時その直属の部下であった陸軍軍医総監の森林太郎《もりりんたろう》*5（鴎外《おうがい》）も立身出世のために上司の見解に逆らわずに糧食を改善しなかったということは知られている。海軍は日清戦争の頃から研究して、麦飯や魚肉缶などを取り入れて兵の徒《いたずら》な損耗を防いでいた。陸軍と海軍との上層部での不協和はこの時代から兆し、昭和になってさらにひどくなったようです。兵卒や一般国民の愛国心と比べると、軍官僚の恐ろしい闇ですよ。勇ぼんはその兵卒以下の扱いを受けながら、身体を鍛えられ、こん棒で根性《こんじょう》を注入されたのですよ」と、勇ぼんらの純粋な国への忠誠心をかけがえのないものとして生かせなかった上層指導部に怒りをこめて言う。

由紀は、

「そんな脱線はもういいから、勇さんの卒業は結局どうなったのでしょうか？」と質《ただ》した。

「脱線？　これは心外！」と堤さんは苦笑いをし、

「勇ぼんはもうすでに卒業認定されている筈です。もともと、勇ぼんが一年生から四年生の一学期まで通っていた中学校です。校長はそのまま卒業認定をした筈です」と言った。

それを聞くと、由紀は、

「ああ、それを聞いたらほっとしたわ。ああ！　ほっとした、ほっとした！　嬉しくて涙が出そう」と喜んだ。

西の山なみを朝陽《あさひ》が明るく照らし出している。こんなうれしい話はもっと早く知りたかったと堤さんをなじりたく思ったが、恨みは春光の空に吸われて消えた。

太郎からの手紙では勇兄ちゃんをとても懐《なつ》かしがっている。太郎が慕った勇兄ちゃんである。太郎も正志もよく遊んでもらった。勇さんは良い本を読んで勉強をしていて、その感性は太郎にも母親の心にも響くものがあった。

堤さんが、

「とんがって傷を負うのは若者の常ですよ。理不尽に立ち向かって体当たりできないでは成長も知れたものでしょう。勇ぼんの愛国心や国への信頼がぐらつくのは可愛そうだが、われわれだって不安な日々を漂っている。幸いなことに勇ぼんは人間としての誇りは失っていない。回峰修行を重ねつつ強くなってくれると信じます」

「太郎にとって、勇兄ちゃんは善財童子としての先輩です。大きくなるにはまだまだ修行を積むわけですね」と由紀は言い、続けて、

「それにしても勇さんはなぜ遠い仙台へ？」と聞いた。

堤さんは、

「勇ぼんは東北大学を目指している。かつてＫＳ鋼の開発で世界的に有名な東北大学を目ざしているようです」と話し、続けて、

「勇ぼんは権おじさんから内山完造や魯迅《ろじん》の話を聞いた。魯迅は支那からの留学生として東北大学医学部前身の仙台医専で学んでいた。ある日魯迅は、スパイ容疑で首をはねられようとしている支那人をただ眺めているだけの一群の支那人たちを幻燈写真のニュースで見た。魯迅は支那人の精神を立て直さなければ、支那の将来はないと悟り、文筆で警鐘を鳴らすことに進路変更した。勇ぼんは『この幻燈写真の一群の支那人や小説主人公阿Qの精神状態は、自分を見失った今の日本人に似ている』と言っていた。勇ぼんは魯迅の作品を幾つか読んだようだ。医専教授の藤野厳九郎《ふじのげんくろう》先生は魯迅に特別目をかけ支援しており、魯迅はその恩義を『藤野先生』*6という小品文に書き残している。その師弟愛や交友を、太宰治が昨年秋、『惜別』と題して小説出版している。偽りを嫌う太宰流の鑿《のみ》で生身の青年・魯迅を生彩をもって彫り出している。勇ぼんはそれも読んで、若き日の魯迅の、自己や師友に対する正直さに共感を覚えたようです。勇ぼんは内山完造や魯迅から日支の協和を模索する人脈のあることを知って興味を持ったようです。仙台の文化や風土にあこがれた面もある。もちろん長兄がその地で医学を学んでいることが一番の理由です」と言った。

由紀は、

「やっぱり勇さんはえらい！　勉強が深い」と感心した。

堤さんは、

「勇ぼんは、あなたにはよろしくと言っています。心の切り替えは出来ているようです。勇ぼんは学校には頼らないで独学で本当を学ぼうとしています。語学など学力不足を補って、進学に備えているようです。仙台の第二高等学校を目指しているようです」

「この戦争もそうですが、世界は理不尽だらけですわ。闇雲《やみくも》に正義を叫んで立ち向かおうと力んでみても、備えや力がなければ負けですよね」と、由紀は言った。

軽便鉄道駅に着くと、山の稜線から朝陽《あさひ》が一行をまぶしく照らし出した。

発車まで時間があったので、待合室でも話ができた。

義之が、

「堤さん、本当にお世話になりました。本来は私の母や兄貴が世話すべきところです。堤さんのお陰で家内も助かりました」

「私は身軽でしたから、ご実家を代表して動かせていただきました。子を授かってみると、ひとりの子を世話するだけでも大変なことがわかりました。他郷《たきょう》に来て、おひとりで五人のお子さんのお世話でしたから、奥さんのご苦労は並大抵ではありません。和子さんのチフス快癒《かいゆ》は本当によかったですね。節っちゃんいよいよ可愛くなりました。ほら、笑ってる」

堤さんは母親の背の節子の頬を指で突《つ》いた。そして、

「和ちゃん、汽車旅大丈夫かな?」と言った。

「大丈夫、お父ちゃんも一緒。弟や妹と一緒になれるかられしい。堤さんありがとう」

和子は元気である。和子は坂さんに頂いたニット帽姿を待合室の鏡に映して、前髪の格好

をつけている。帽子が気に入ったようである。由紀もその鏡にさりげなく自身の姿を見た。悪くはない。太郎や正志にいい顔を見せてやりたい。芳子のうれしげな顔が浮かぶ。楽しい汽車旅になりそうである。義之は、

「堤さんがいらっしゃったのは母子には幸運でした。昨秋お生まれの坊《ぼっ》ちゃんはお健《すこ》やかで何よりですね。この節子と同い年ですね。この後のお仕事は？」

「復員船に乗ることになります。外地にはまだ多数の未帰還兵が残っています」

「本当にお世話になりました。堤さん、可愛い盛りの坊ちゃんと離れてのお仕事はお辛《つら》いでしょう」と言い、義之は堤さんのご支援とお人柄をありがたく思った。

「船に乗るのは私の本業ですよ。さあホームへ出ましょうか」

堤さんは皆の荷物をいくつも手にして改札へ先導した。

改札口を通ると、和子が、

「あっ！　桜！」

と、歩を速めてホームに張り出す桜の枝を仰いだ。

朝陽は五分咲きの、ぴんと張った花びらを照らして眩《まばゆ》い。この調子だと、始業式には校門の桜が満開となって和子を迎えてくれるだろう。我が家の桜も歓迎してくれるだろう。母親は帰郷の喜びとともに、和子の快癒や、勇さん卒業のめでたい知らせがごちゃ混ぜになった高揚感で子どものようにはしゃぎたくなる。

「朝陽を浴びてきれい！　私たちの門出を励ましてくれる！　うれしいわ」と由紀は言い、こみ上げる喜びに涙でにじんだ目で花を見ると、この歌が浮かんだ。

敷島《しきしま》の　大和心《やまとごころ》を　人問はば　朝日に匂ふ　山桜花《やまざくらばな》

由紀はこれを口ずさむと、

「勇さんに、前途は洋々だと励ましてあげたい。子どもたちの心にもこの桜を映したい」

と、だれに言うともなく言った。

夫・義之は、

里の駅　明けて妻子と　初桜

と詠んだ。

夫には夫の祖先があり故郷があると由紀はひしと感じた。出口は見えた。家族は無事だ！　これからだ！　由紀には静かな闘志が湧く。

堤さんは、

「私は家族と桜を楽しんだら、復員船に乗ります。輸送船で戦地にお送りした兵士の皆さんをお迎えに参ります。国の守りに戦った兵士の皆さんを祖国にお届けする任務です。勇ぼんは『神風日の丸』の鉢巻きを締めて、国に命を捧げようとしたのです。叶えられなかった無念があなたの夢に現れたのでしょう。勇ぼんを応援してやって下さい。勇ぼんから託された手紙です。列車に乗って落ち着いたところで読んでやって下さい」

と封書を渡した。

「それぞれの再出発ですね。堤さん、お仕事のご無事をお祈りします。勇さんは、太郎・正志の憧れです。私の希望です。このことをお伝え下さい」

と、由紀は勇ぼんへの伝言を堤さんに念を押して託した。

汽笛とともに小型の汽車は朝陽《あさひ》に向かい、ホームの堤さんを後にする。堤さんを覆《おお》っていた列車の影がやがて名残を惜しむテープのように細く伸びて離れた。

＊

封を切ると「感謝」と題した一編の詩があった。

十五　十六　十七と
心ばかりが修羅となり
翼は空を翔《か》けるもならず
渚《なぎさ》漂う藻屑《もくず》の如し

英霊《みたま》に伍《ご》すも許されず
戦い済んでさまよえば
母なる山河新しく
北斗に父祖の星さやか
天満宮の梅香る
蒼穹《そうきゅう》高く鳥は飛ぶ
桜は時を待つばかり
新樹にそそぐ光あり

勇さんは自身を新樹と詠《うた》っている。新樹はもう大丈夫だ。声援は届いている。もう大丈夫だ。由紀は「よし！」と唇を結び拳《こぶし》を握った。由紀はこれを何よりの餞《はなむけ》として受けとめた。

二十　エピローグ

　太郎が高校生の時、堤さんから、新陽丸が名古屋港に停泊するから見学に来ないかとのお誘いを受けた。そこで堤さんから、勇さんが仙台の大学を出て金属材料の研究に取り組んでいることを聞いた。

　一九六四年昭和三十九年十月に、世界初の超高速鉄道として東海道新幹線が開通した。太郎は新婚旅行で開通直後の新幹線に乗り、東京オリンピックを観戦した。体操のチャスラフスカの演技や日本女子バレーボールの競技が目当てであった。有色人種国家における史上初のオリンピックであった。また、アジアやアフリカにおける植民地の独立が相次いだこともあり、過去最多の出場国数となった。

　その後、太郎はふとした機縁で、勇さんの関わった研究開発も新幹線の登場に寄与していると聞いた。もちろん、開発の中心をなしたのは、戦闘機や戦艦の設計を平和産業に切り替えた人たちの高い技術力であった。

この作品は、作者の終戦期体験をもとにしていますが、フィクションです。

参考

＊1　タイも国王を中心に中央集権体制を整え、自力で独立を保った。日本とタイ国は攻守同盟を結び、タイも英米と戦っている。

＊2①　一九四三年昭和十八年七月六日に、「愛知一中の快挙　全四、五年生　空へ志願」という大見出しの新聞記事が出た。愛知一中に於いて、学校は生徒たちを集めて、時局講演会を開き、校長・職員や配属将校が予科練志願を促した結果、四、五年生ほとんどの生徒が自らの意志で志願を申し出た、という内容である。これは極端な例であるが、全国の中学に於いて、軍の要請と学校の勧めにより体力・学力に優れた純真な十六、七歳の少年が学半ばで呼応している。昭和十八年愛知一中入隊決意七百名の内、この年度に入隊したものは五十六名であった。

＊2②　新聞を見て、当時海軍兵学校在学中のある愛知一中出身者は昭和十六年入学の江田

島一中会を代表して母校の校長に以下の手紙を送った。

「一中全校生徒を予科練へ志願させることは、無意味であります。生徒ひとりひとりの能力は、それぞれ異なります。能力に応じた道へ進ませてください。それでこそ本当に国に報いることになります。この戦争で死ぬのは、わたしたちだけで十分なのです」

この一中出身者は終戦の四日前、回天（人間魚雷）とともに二十一歳で戦死した。

（藤岡町戦後50年に想う会編『戦後50年に想う』（平成8年3月18日発行）より）

この時の愛知一中の校長は終戦直前の八月五日に病死した。未亡人の追憶によれば、「愛国心のかたまりのような人」で、三人の息子たちがすべて軍人になれた時には、「これで三人ともお国のために少しは役立ってくれる」と、自分の夢が実現したことに「繰り返し満悦していた」と言う。

（『積乱雲の彼方に―愛知一中予科練総決起事件の記録』［江藤千秋著　法政大学出版局　1981］）

＊3
マッカーサーは、一九五一年昭和二十六年五月三日のアメリカ合衆国議会上院の軍事外交合同委員会で、「日本の先の戦争は、主に日本の自衛の目的であった」と、証言している。

＊4
一九四五年昭和二十年九月二十七日撮影、二十九日新聞掲載の昭和天皇とマッカー

サーが並び立つ画像を見た日本人の殆どはマッカーサーを非礼と見たようである。
この画像新聞掲載の経緯を以下に引用する。
「一枚の写真がもたらしたもので、これほど衝撃的な意味を持ったものはなかったであろう。少なくとも、日本人が国民的規模で痛切に味わったのが、マッカーサーと天皇が並び立つ写真であった。それは細部にいたるまで計算された演出であった。日本人が抱いていた『天皇』という偶像を破壊するための、政治的なショーであった。国民はこの写真によって、あらためて日本は戦争に負けたことを知らされ、天皇をも従属させる力が現実に存在することを思い知らされた。あわてた政府は、この写真を掲載した二十九日付朝刊（朝日、毎日、読売の三紙）を発売禁止にした。まだ新聞紙等掲載禁止令が生きており、内務省の検閲が続けられていた。しかし、二十九日の朝になって、この処分を知ったGHQはただちに新聞ならびに通信に対するいっさいの制限を撤廃せよとの指令を出し、午後一時以後発売禁止を受けた新聞を自由に販売してもよいと指示した。

（『昭和　第七巻　廃墟からの出発』講談社　平成元年）

天皇とマッカーサー会見でただ一人通訳として立ち会った外務次官奥村勝蔵はこの会談の微妙な部分まで人に洩らしている。（天皇は会見内容黙秘をマッカーサーと約束しお守りになった）以下に引用する。

「今回の戦争の責任は全く自分にあるのであるから、自分に対してどのような処置をとられても異存はない。次に戦争の結果現在国民は飢餓に瀕している。このまゝでは罪のない国民に多数の餓死者が出る恐れがあるから、米国に是非食糧援助をお願いしたい。ここに皇室財産の有価証券類をまとめて持参したので、その費用の一部に充てゝ頂ければ仕合せである」と陛下が仰せられて、大きな風呂敷を元帥の机の上に差し出された。

それまで姿勢を変えなかった元帥がやおら立上がって陛下の前に進み抱きつかんばかりにして御手を握り、「私は初めて神の如き帝王を見た」と述べて陛下のお帰りの時は、元帥自ら出口までお送りの礼をとったのである。

（「昭和天皇とその時代」小堀桂一郎PHP研究所　引用ママ）

＊5

『鷗外　森林太郎と脚気紛争』（山下政三著　日本評論社　2008）

陸軍省医務局長・石黒忠悳が退役後、森は医務局長に就任、早々「臨時脚気病調査会」を発足、委員長・森林太郎、臨時委員に北里柴三郎も加えて、陸軍の米飯主義を改める公式見解を出す。この時すでに、麦飯の効用は周知の状況であった。日露戦争終結三年後のことである。

＊6

「（前略）だが、何故だか知らぬが、僕は二十年後の今でも、折にふれて先生を思い出す。僕がわが師と仰いでいる人の中で、先生こそは最も僕を感激せしめ、僕を鼓舞激励して下さった一人であった。時々、僕はこう考える。先生の僕に対する熱心なる希望と、倦まざる教誨《きょうかい》とは、小にして之を言えば、これ中国のためであり、即ち中国に新しい医学の起らん事を希望せられたのである（中略）先生の人格は、僕の眼中に於いて、また心裡に於いて、偉大である。先生の姓名を知る人は極めて少ないであろうが。先生が訂正して下さったノオトを、僕は三冊の厚い本に装幀して、永久に記念するつもりで、大事にしまっておいた。（後略）」

『藤野先生』（魯迅著　昭和元年記）

ちなみに、『花甲録』（内山完造著　岩波書店　１９６０）から著者の魯迅観をうかがい知る一節を掲げる。

「遂に天下をその掌中におさめる共産党がその（魯迅の）死とともに魯迅精神こそ中国を救うものである、魯迅こそ吾等の導師であると仰いだ。しかも魯迅は共産党ではない、魯迅は共産主義者ではないと云いつつ、その魯迅を吾等の導師として敬仰したのであるから、魯迅が尋常一様の文学者とか英雄豪傑と云われる人々とは遥かに高く、隔たりのある人物であることは云うまでもないことである。（中略）我々日本人はもっと人間魯迅を見なくてはならんと思う。一文学者魯迅であるなら、世界に魯迅は未だ外にもあると思う。文学者魯迅はゴーゴリーの影響を受け、漱石の影響さえも受けて居ったであろう。（中略）魯迅自ら云う『自分は中国のゴールキーではない。

自分は飽くまで中国人魯迅である』と。私はこの言葉を思いだす毎にいつも溜飲を下げるのである。中国人魯迅の前途に無限大があったのである。人はよろしく生きている間はこの意気なかるべからずと思う。魯迅生前のこの意気、実に一文学者ならんや、一創作者ならんやである。宜《む》べなる哉《かな》、全中国の青年男女が泣いたのは文学者魯迅に泣いたのではない。人間魯迅の死を泣いたのである。（後略）」（引用ママ）

魯迅の訃告は昭和十一年十月十九日全中国の新聞に掲載された。葬儀委員として、蔡元培を筆頭に孫文夫人・宗慶齢と並んで内山完造の名がある。内山完造は上海での魯迅と親交を結び、魯迅の苦節を支援している。

【著者紹介】

不二　久（ふじ　ひさし）

名古屋市に生まれ、戦時中一年間岡山県井原市に疎開
平成９年３月　　愛知県立高等学校長定年退職
平成９年～ 12年　豊田短期大学参与
平成24 ～ 27年　　中部デザイン協会監事
平成28年～　　　東京都国立市に転居

JASRAC2108246-101

落日《らくじつ》の向《む》こう

2021年11月20日　第1刷発行

著　者　　不二 久
発行人　　久保田貴幸

発行元　　株式会社 幻冬舎メディアコンサルティング
〒151-0051　東京都渋谷区千駄ヶ谷4-9-7
電話　03-5411-6440（編集）

発売元　　株式会社 幻冬舎
〒151-0051　東京都渋谷区千駄ヶ谷4-9-7
電話　03-5411-6222（営業）

印刷・製本　中央精版印刷株式会社
装丁　　立石 愛

検印廃止

Printed in Japan
ISBN 978-4-344-93605-8 C0095
幻冬舎メディアコンサルティングHP
http://www.gentosha-mc.com/